W0397043

78

1. POP BRAS D'ARGILE

Vauriens

SCÉNARIO
LUC BRUNSCHWIG
SUR UNE IDÉE ORIGINALE DE LAURENT CAGNIAT

DESSIN
LAURENT CAGNIAT

COULEURS
CLAUDE GUTH

DELCOURT

© 1995 GUY DELCOURT PRODUCTIONS

Tous droits réservés pour tous pays.
Dépôt légal : février 1995. I.S.B.N. : 2-84055-031-8

Conception graphique : TRAIT POUR TRAIT

Achevé d'imprimer en décembre 1995
sur les presses de l'imprimerie Lesaffre, à Tournai, Belgique.
Relié par Ouest Reliure à Rennes.

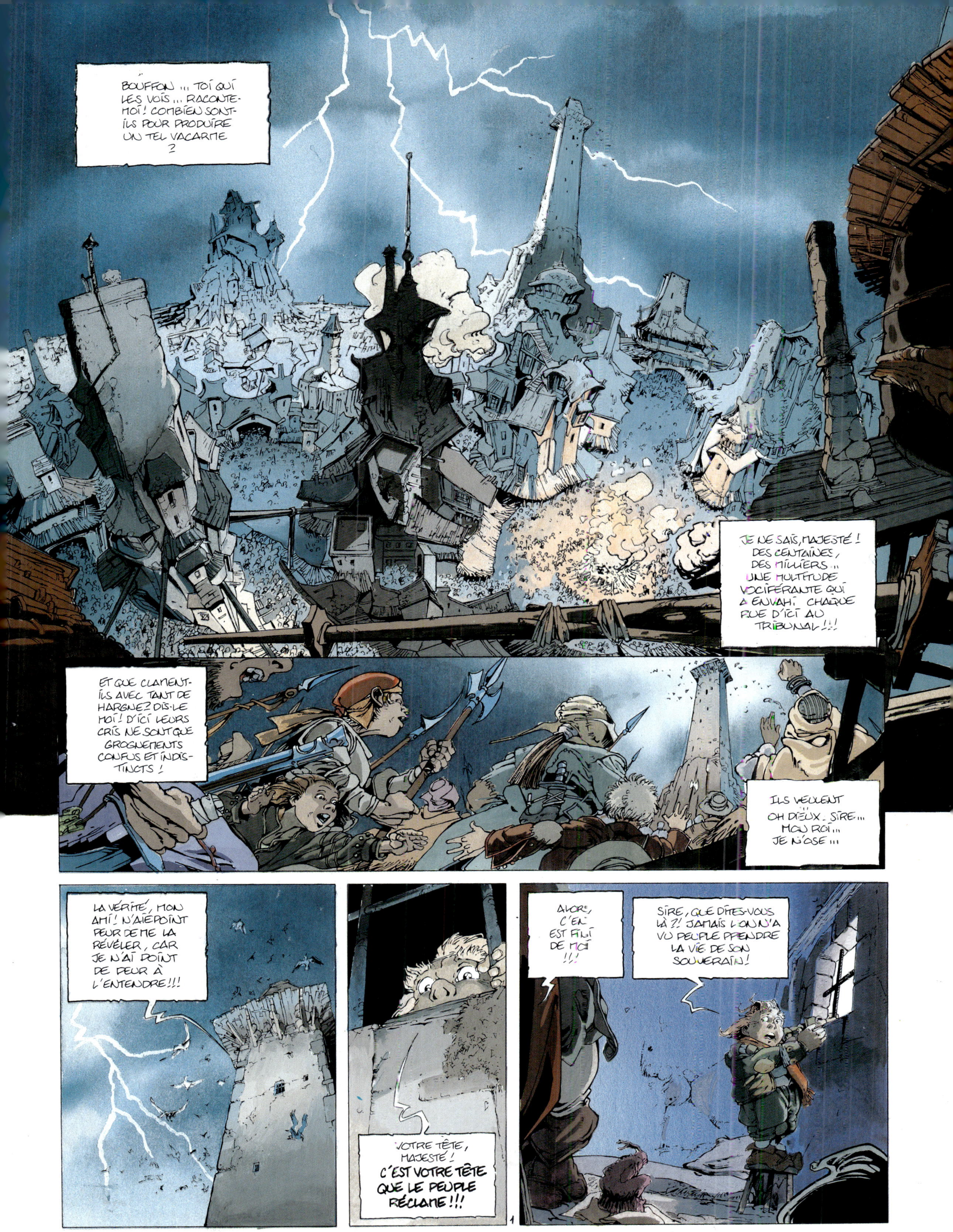
BOUFFON ... TOI QUI LES VOIS ... RACONTE-MOI ! COMBIEN SONT-ILS POUR PRODUIRE UN TEL VACARME ?
JE NE SAIS, MAJESTÉ ! DES CENTAINES, DES MILLIERS .. UNE MULTITUDE VOCIFÉRANTE QUI A ENVAHI CHAQUE RUE D'ICI AU TRIBUNAL !!!
ET QUE CLAMENT-ILS AVEC TANT DE HARGNE ? DIS-LE MOI ! D'ICI LEURS CRIS NE SONT QUE GROGNEMENTS CONFUS ET INDISTINCTS !
ILS VEULENT OH DIEUX. SIRE... MON ROI... JE N'OSE ...
LA VÉRITÉ, MON AMI ! N'AIE POINT PEUR DE ME LA RÉVÉLER, CAR JE N'AI POINT DE PEUR À L'ENTENDRE !!!
VOTRE TÊTE, MAJESTÉ ! C'EST VOTRE TÊTE QUE LE PEUPLE RÉCLAME !!!
ALORS, C'EN EST FINI DE MOI !!!
SIRE, QUE DITES-VOUS LÀ ?! JAMAIS L'ON N'A VU PEUPLE PRENDRE LA VIE DE SON SOUVERAIN !

NE CROIS PAS QUE CE QUI N'A JAMAIS ÉTÉ NE PUISSE ÊTRE ! AUJOURD'HUI L'ÉQUILIBRE ANCESTRAL DES FORCES EST ROMPU !
LA TOURMENTE, QUE NOUS AVONS FAIT RÉGNER EN MAÎTRE PENDANT TOUS CES SIÈCLES, ET LA CLÉMENCE, DONT NOUS AVONS USÉ POUR DIVISER ET ASSERVIR, TOUTES DEUX SONT AFFAIBLIES, ÉPUISÉES À FORCE D'EMPLOI !
SANS ELLES À MES CÔTÉS, IL M'EST IMPOSSIBLE DE CONTENIR LA VOLONTÉ DE MILLIONS D'ÊTRES UNIS POUR ME FAIRE PAYER UN MILLÉNAIRE D'ESCLAVAGE !
MAIS SIRE... VOS DEUX ALLIÉES - MÊME AFFAIBLIES - NE PEUVENT-ELLES VOUS ÉPARGNER UN AUSSI PEU DIGNE SORT ?
ELLES LE PEUVENT, OUI ! MAIS IL ME FAUT PENSER AUTREMENT QU'EN TERME D'INTÉRÊT PERSONNEL !
PAR MON SACRIFICE, JE PENSE POUVOIR PRÉSERVER L'ESSENTIEL ET OFFRIR UN AVENIR À LA FAMILLE ROYALE ! GRÂCE À CES DEUX STA ...
PLUS UN MOT, SIRE ! JE CROIS QUE L'ON VIENT NOUS RENDRE VISITE !
OUI, C'EST BIEN CELA ET ...
OH DIEUX ! ENTENDEZ-VOUS ? ON DIRAIT COMME UN CRI DE JOIE VENANT DE LA RUE !!!
C'EST QUE LE VERDICT DU TRIBUNAL AURA ÉTÉ PORTÉ À LA CONNAISSANCE DU PUBLIC !
MAJESTÉ, VEUILLEZ VOUS LEVER POUR ENTENDRE LA SENTENCE !
LE JURY, ÉLU PAR LE PEUPLE, VOUS A RECONNU COUPABLE ET VOUS A CONDAMNÉ À LA PEINE CAPITALE ! DÈS DEMAIN, VOUS SEREZ CONDUIT EN PLACE DES HAUTS VENTS POUR Y ÊTRE DÉCAPITÉ !!!

BIEN !
JE CROIS QU'IL EST DE COUTUME QUE VOUS EXAUCIEZ LE DERNIER SOUHAIT DU CONDAMNÉ ?!
S'IL M'EST POSSIBLE DE LE RÉALISER !!!
VOILÀ ! J'AI MODELÉ CES DEUX STATUETTES POUR UNE FILLETTE DE MES CONNAISSANCES ! J'AIMERAIS QUE VOUS LES LUI REMETTIEZ !
DE... DES STATUETTES ?!? C'EST UNE DEMANDE TRÈS INHABITUELLE... JE NE SAIS SI...
L'ENFANT S'APPELLE JUSTINE ! ELLE DEMEURE RUELLE DES TROUSSE-CHEMISES, CHEZ DAME HERMIER, SA NOURRICE !!
OUI !!! EN FAIT LORSQU'ON Y PENSE, IL N'Y A LÀ QU'UNE TRÈS CHARMANTE ATTENTION DE VOTRE PART !!!
LORSQUE VOUS LA VERREZ, DITES-LUI BIEN DE NE JAMAIS SE SÉPARER DE CES DEUX STATUETTES ! LE JOUR VIENDRA OÙ ELLE COMPRENDRA LE RÔLE PRIMORDIAL QU'ELLES ONT À JOUER DANS SA VIE !!!
ALORS POURQUOI NE PAS SATISFAIRE À VOTRE DEMANDE !
MAINTENANT TOUT EST DIT ! VOUS POUVEZ DISPOSER !

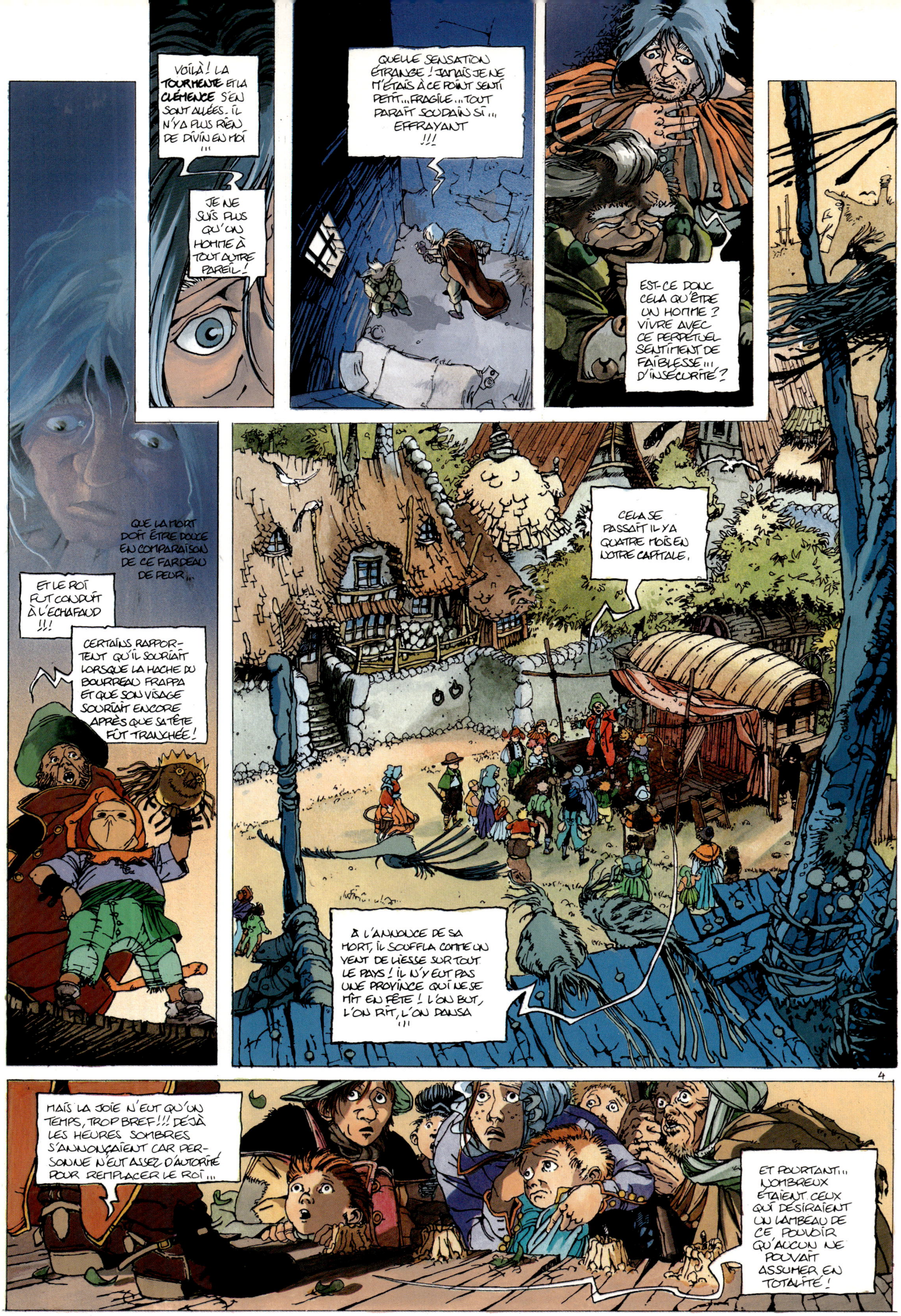
VOILÀ ! LA TOURMENTE ET LA CLÉMENCE S'EN SONT ALLÉES. IL N'Y A PLUS RIEN DE DIVIN EN MOI !!!
JE NE SUIS PLUS QU'UN HOMME À TOUT AUTRE PAREIL !
QUELLE SENSATION ÉTRANGE ! JAMAIS JE NE M'ÉTAIS À CE POINT SENTI PETIT... FRAGILE... TOUT PARAIT SOUDAIN SI... EFFRAYANT !!!
EST-CE DONC CELA QU'ÊTRE UN HOMME ? VIVRE AVEC CE PERPÉTUEL SENTIMENT DE FAIBLESSE... D'INSÉCURITÉ ?
QUE LA MORT DOIT ÊTRE DOUCE EN COMPARAISON DE CE FARDEAU DE PEUR...
ET LE ROI FUT CONDUIT À L'ÉCHAFAUD !!!
CERTAINS RAPPORTENT QU'IL SOURIAIT LORSQUE LA HACHE DU BOURREAU FRAPPA ET QUE SON VISAGE SOURIAIT ENCORE APRÈS QUE SA TÊTE FUT TRANCHÉE !
CELA SE PASSAIT IL Y A QUATRE MOIS EN NOTRE CAPITALE.
À L'ANNONCE DE SA MORT, IL SOUFFLA COMME UN VENT DE LIESSE SUR TOUT LE PAYS ! IL N'Y EUT PAS UNE PROVINCE QUI NE SE MIT EN FÊTE ! L'ON BUT, L'ON RIT, L'ON DANSA !!!
4
MAIS LA JOIE N'EUT QU'UN TEMPS, TROP BREF !!! DÉJÀ LES HEURES SOMBRES S'ANNONÇAIENT CAR PERSONNE N'EUT ASSEZ D'AUTORITÉ POUR REMPLACER LE ROI...
ET POURTANT... NOMBREUX ÉTAIENT CEUX QUI DÉSIRAIENT UN LAMBEAU DE CE POUVOIR QU'AUCUN NE POUVAIT ASSUMER EN TOTALITÉ !

ALORS LE PAYS SE DÉCHIRA! CE FUT LA GUERRE CIVILE!!!
DU JOUR AU LENDEMAIN, LES ROUTES FURENT LIVRÉES AUX RENÉGATS, BRIGANDS ET AVENTURIERS DE TOUT POIL!
LA NATION SE DIVISA... DE NOUVEAUX MAÎTRES APPARURENT, RÉGNANT PAR LE SANG ET LES LARMES VERSÉS!
CHTAC
SURVIVRE... C'ÉTAIT SE SOUMETTRE À LEUR VOLONTÉ!!!
OU ALORS LUTTER!!!
LUTTER D'UN BRAS QUI JAMAIS NE TREMBLE!!!
CHTOC
TAC TAC
CAR LA MORT, JAMAIS, NE VOUS ACCORDE DE SECONDE CHANCE!
QUE LE COUP PORTÉ SOIT D'UNE PARFAITE PRÉCISION!!!
GENTES DAMES, GENTILS MESSIEURS, SALUEZ MON SAUVEUR, MAÎTRE EN L'ART DES ARMES, M. POP BRAS AGILES!
CE... C'EST UN ENFANT!!!
ET SES YEUX SONT BANDÉS! INCROYABLE!!!
CONTINUE, GAMIN! ÉTONNE-NOUS ENCORE!
TAC! TAC! OUI!
EH BIEN... PUISQUE VOUS LE RÉCLAMEZ TOUS, LE SPECTACLE DE M. POP VA SE POUR...
!
À L'AIDE!! PAR PITIÉ!!!

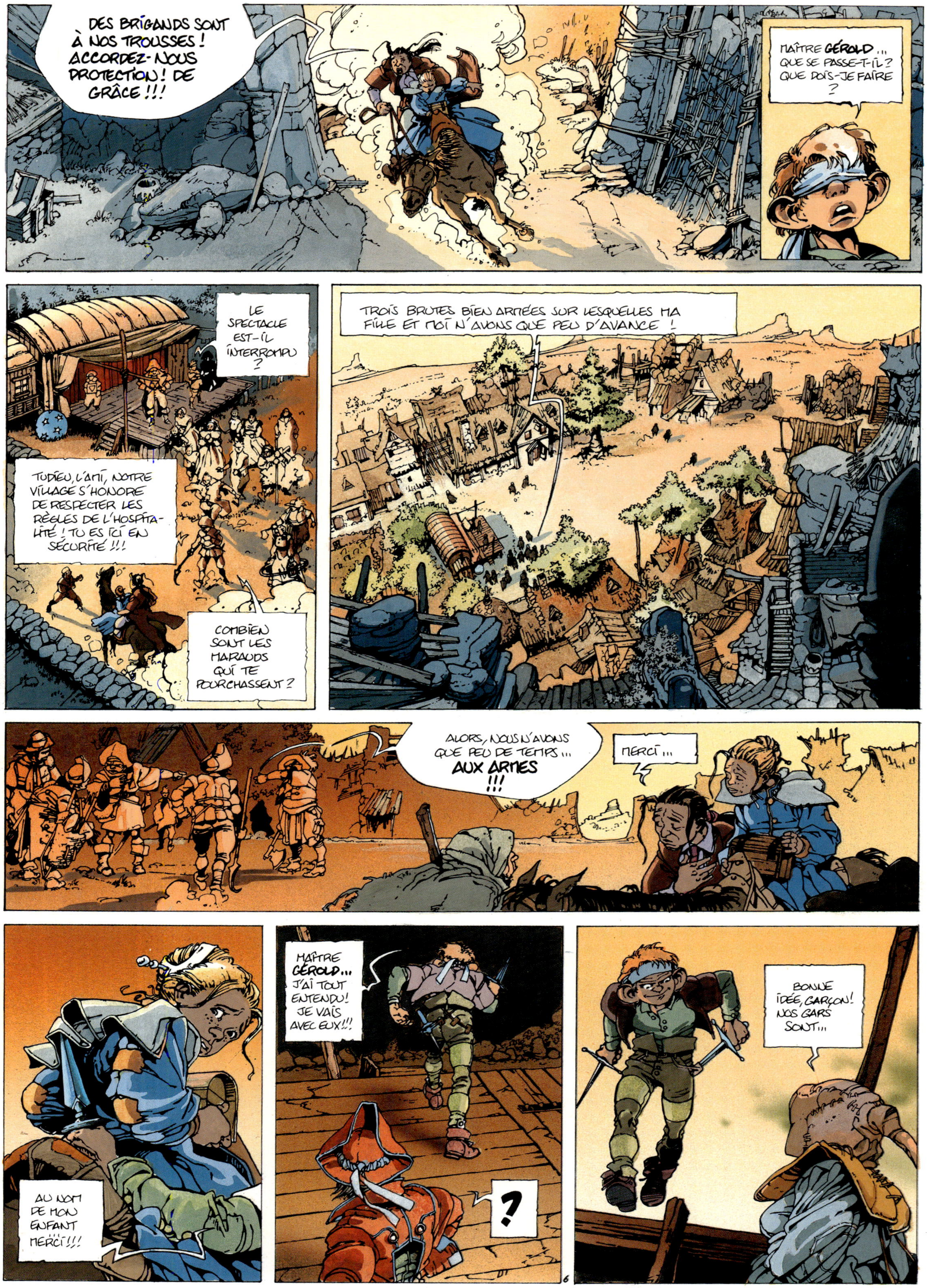
DES BRIGANDS SONT À NOS TROUSSES ! ACCORDEZ-NOUS PROTECTION ! DE GRÂCE !!!
MAÎTRE GÉROLD... QUE SE PASSE-T-IL ? QUE DOIS-JE FAIRE ?
LE SPECTACLE EST-IL INTERROMPU ?
TUDIEU, L'AMI, NOTRE VILLAGE S'HONORE DE RESPECTER LES RÈGLES DE L'HOSPITALITÉ ! TU ES ICI EN SÉCURITÉ !!!
COMBIEN SONT LES MARAUDS QUI TE POURCHASSENT ?
TROIS BRUTES BIEN ARMÉES SUR LESQUELLES MA FILLE ET MOI N'AVONS QUE PEU D'AVANCE !
ALORS, NOUS N'AVONS QUE PEU DE TEMPS... AUX ARMES !!!
MERCI...
AU NOM DE MON ENFANT MERCI !!!
MAÎTRE GÉROLD... J'AI TOUT ENTENDU ! JE VAIS AVEC EUX !!!
?
BONNE IDÉE, GARÇON ! NOS GARS SONT...

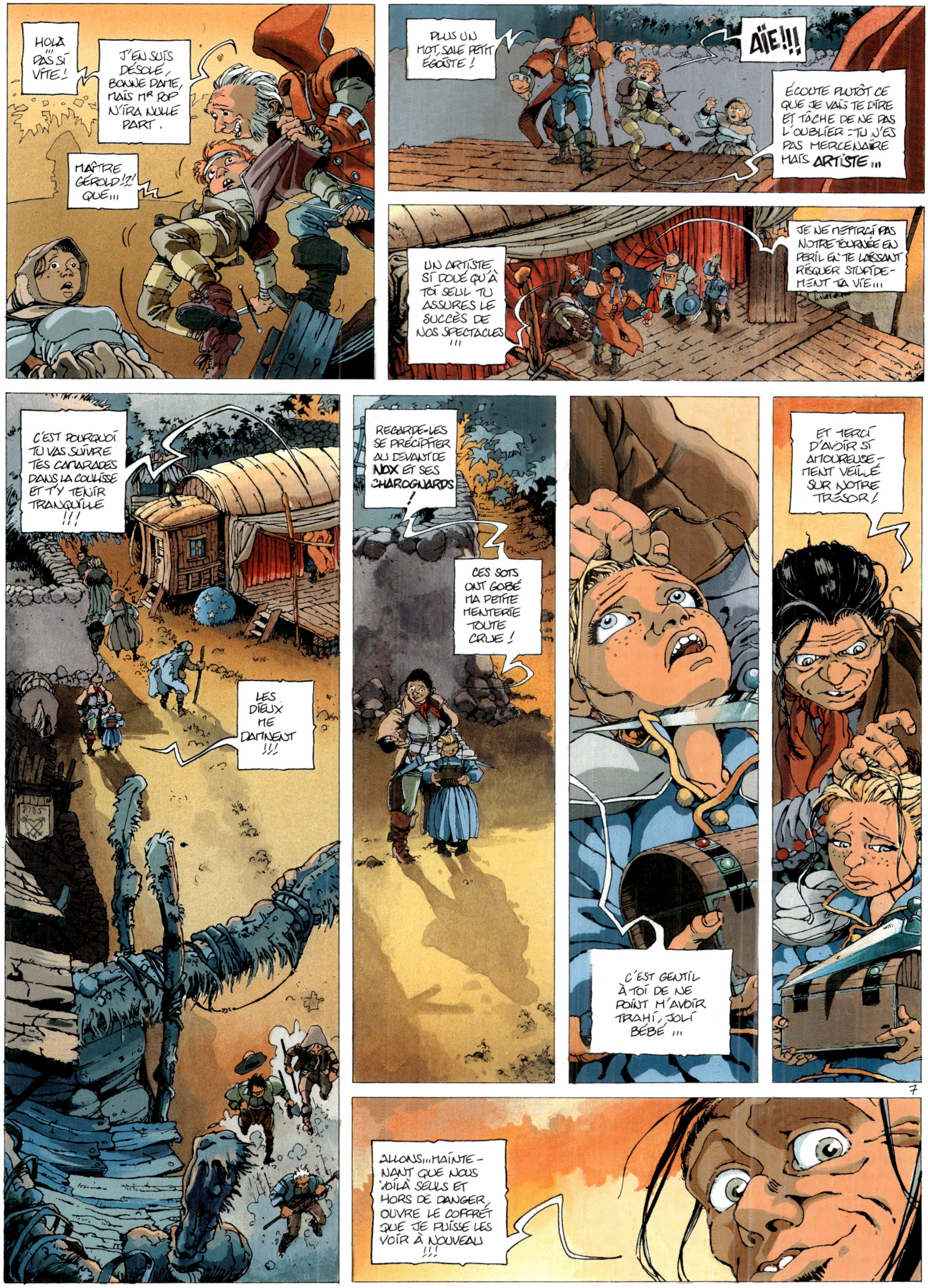
HOLÀ !!! PAS SI VITE !
J'EN SUIS DÉSOLÉ, BONNE DAME, MAIS Mr POP N'IRA NULLE PART.
MAÎTRE GÉROLD !?! QUE...
PLUS UN MOT, SALE PETIT ÉGOÏSTE !
AÏE!!!
ÉCOUTE PLUTÔT CE QUE JE VAIS TE DIRE ET TÂCHE DE NE PAS L'OUBLIER : TU N'ES PAS MERCENAIRE MAIS ARTISTE...
UN ARTISTE, SI DOUÉ QU'À TOI SEUL TU ASSURES LE SUCCÈS DE NOS SPECTACLES !!!
JE NE METTRAI PAS NOTRE TOURNÉE EN PÉRIL EN TE LAISSANT RISQUER STUPIDEMENT TA VIE...
C'EST POURQUOI TU VAS SUIVRE TES CAMARADES DANS LA COULISSE ET T'Y TENIR TRANQUILLE !!!
LES DIEUX ME DAMNENT !!!
REGARDE-LES SE PRÉCIPITER AU DEVANT DE NOX ET SES CHAROGNARDS !
CES SOTS ONT GOBÉ MA PETITE MENTERIE TOUTE CRUE !
C'EST GENTIL À TOI DE NE POINT M'AVOIR TRAHI, JOLI BÉBÉ...
ET MERCI D'AVOIR SI AMOUREUSEMENT VEILLÉ SUR NOTRE TRÉSOR !
ALLONS... MAINTENANT QUE NOUS VOILÀ SEULS ET HORS DE DANGER, OUVRE LE COFFRET QUE JE PUISSE LES VOIR À NOUVEAU !!!

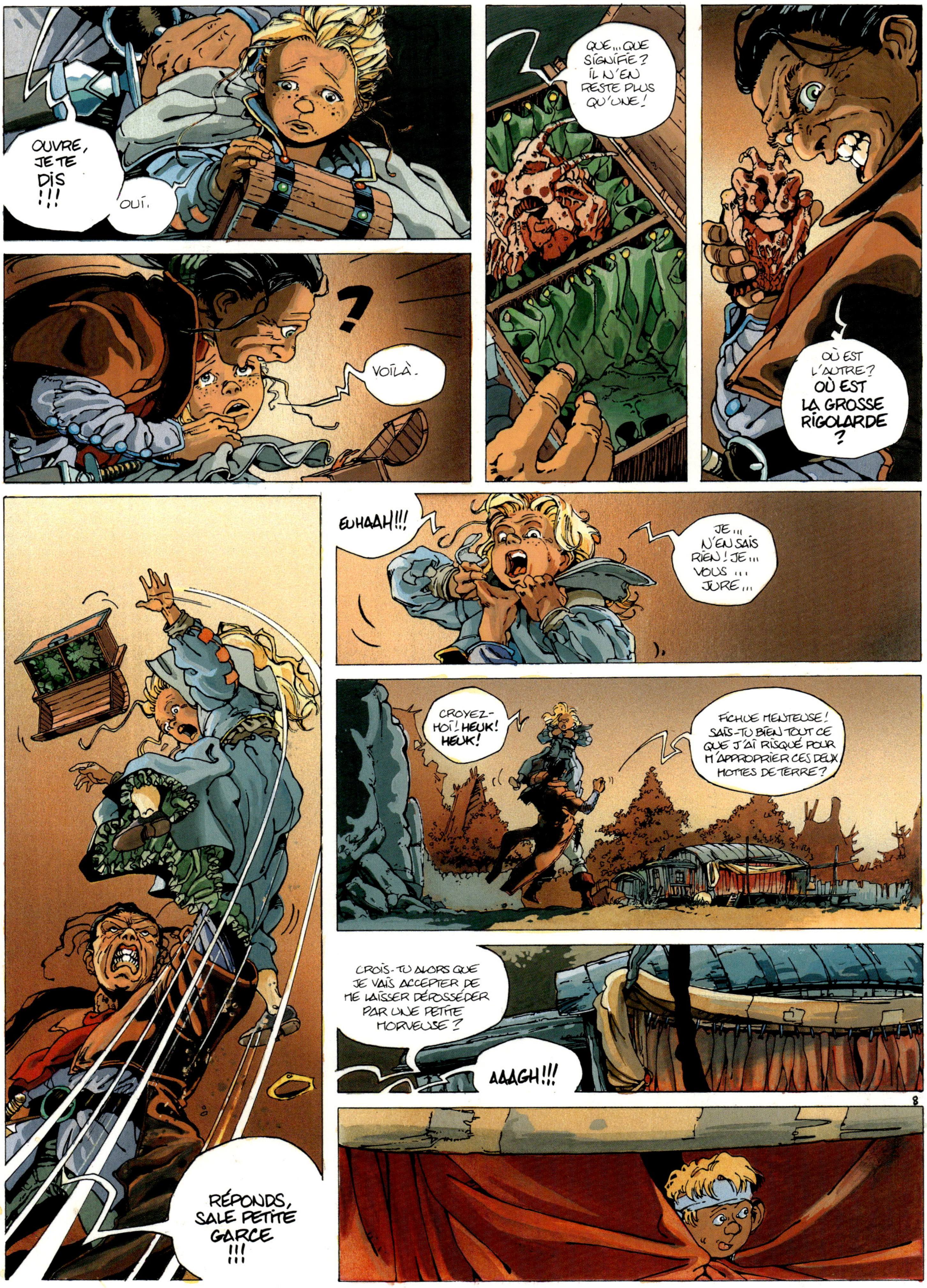
OUVRE, JE TE DIS !!!
OUI.
VOILÀ.
QUE... QUE SIGNIFIE ? IL N'EN RESTE PLUS QU'UNE !
OÙ EST L'AUTRE ? OÙ EST LA GROSSE RIGOLARDE ?
RÉPONDS, SALE PETITE GARCE !!!
EUHAAH!!!
JE... N'EN SAIS RIEN ! JE... VOUS ... JURE...
CROYEZ-MOI ! HEUK ! HEUK !
FICHUE MENTEUSE ! SAIS-TU BIEN TOUT CE QUE J'AI RISQUÉ POUR M'APPROPRIER CES DEUX MOTTES DE TERRE ?
CROIS-TU ALORS QUE JE VAIS ACCEPTER DE ME LAISSER DÉPOSSÉDER PAR UNE PETITE MORVEUSE ?
AAAGH!!!

A... ARRÊTEZ... HEUK... HEUK...
RÉPONDS OU JE SERRE ENCORE !
?!
AÏÏÏÉÉÉÉÉÉÉ
ÉVANOUIE !
MAUDITE, JE T'INTERDIS DE M'ÉCHAPPER !
RÉVEILLE-TOI TU ENT...
NOON... PAUVRE FOU... ARRÊTE !
NE VOIS-TU PAS ?! TU VAS FINIR PAR LA TUER !
OUBLIERAIS-TU QU'IL TE RESTE UNE DE CES STATUETTES ET QUE TU AS BESOIN DE LA GOSSE POUR EN APPRENDRE LE SECRET ?
NON ? ALORS CALME-TOI !!!
ÉLOIGNE-TOI D'ELLE POUR UN MOMENT ! VA PASSER TES NERFS AILLEURS !

L'AFFREUX BONHOMME! C'EST DONC APRÈS CETTE PETITE MIGNONNE QU'IL EN AVAIT ?!?
LORGNEZ-LÀ. ON DIRAIT UN BEL ANGE ENDORMI!
OOOH! FAUT-IL AVOIR DE LA RAGE DANS LE COEUR POUR ESTOUR-BIR AINSI SON ENFANT ?!
SI ELLE EST MORTE JE...
JE VAIS BIEN, RASSUREZ-VOUS !!!
MAIS JE VOUS EN PRIE... PARLEZ MOINS HAUT... VOUS ALLEZ LE FAIRE REVENIR!
PAR LES DIEUX !!!
TU FAISAIS SEMBLANT !!!
ÇA ALORS C'EST TROP DRÔLE!
FIGURE-TOI QUE JE JOUE LA MÊME COMÉDIE À MON MAÎTRE LORSQU'IL ME PUNIT TROP DUREMENT!
À CES MOMENTS-LÀ, MOI AUSSI JE FEINS L'ÉVANOUISSEMENT !!!
ET ÇA MARCHE TOUT COMME AVEC TON PÈRE...
CET HOMME N'EST PAS MON PÈRE !!!
PARDON ?!?
MON PÈRE JE NE L'AI PAS CONNU! IL EST MORT À LA GUERRE AVANT MA NAISSANCE!

L'HOMME, LUI, JE NE L'AI RENCONTRÉ QU'HIER, ALORS QUE JE FAISAIS ROUTE VERS LA FRONTIÈRE AVEC MAMAN HERMIER, MA NOURRICE.
LES FILLES, JE SALUE VOTRE COURAGE !
ÊTRE FEMMES ET OSER S'AVENTURER SUR DES ROUTES AUSSI PEU SÛRES, VOILÀ QUI MÉRITE L'ADMIRATION !
J'AIMERAIS VOUS APPLAUDIR MALHEUREUSEMENT... MES MAINS SONT DÉJÀ PRISES !!!
HÉ HÉ ! ALLEZ MES COCOTTES... DESCENDEZ D'VOS CARNES !!!
C'ÉTAIT DES DÉTROUSSEURS... LA BANDE DES CHAROGNARDS.
RAPIDEMENT, ILS FOUILLÈRENT NOS BAGAGES.
RIEN NON PLUS ! NOX, ON EST TOMBÉ SUR DES SANS-LE-SOU !!!
QUE DALLE !
OUAIS ! ET VOILÀ TOUTE LEUR RICHESSE : CES DEUX GROTESQUES GARGOUILLES !!!
AAAHH!!
NON ! NE LES CASSEZ PAS !!!
C'EST TROP TÔT...
BEAUCOUP TROP TÔT !!!
BEAUCOUP TROP T...
JAMAIS JE N'AVAIS VU MAMAN HERMIER SE METTRE AINSI EN COLÈRE.
POURQUOI A-T-ELLE FAIT CELA ?
DEPUIS LE DÉPART DE MA VRAIE MAMAN, ELLE ÉTAIT TOUTE MA FAMILLE... JE L'AIMAIS SI FORT...
POURQUOI M'A-T-ELLE LAISSÉE TOUTE SEULE ?
VIENS TOI ! DEMAIN ON TE TROUVERA UNE PLACE AU BORDEL DE LA CHIQUE !!!

ILS M'EMMENÈRENT À LEUR CAMPEMENT ET M'OUBLIÈRENT DANS UN COIN. C'EST DU MOINS CE QUE JE CRUS...
CAR, AU BEAU MILIEU DE LA NUIT, JE REÇUS LA VISITE DE CELUI QU'ILS APPELAIENT ALEXIS.
IL AVAIT LE COFFRET AUX STATUETTES AVEC LUI.
ÉCOUTE, PETIOTE! Y'A QUELQUE CHOSE QUI ME TURLUPINE! EN FAIT, JE CROIS QUE TES STATUETTES, BEN, C'EST PLUS QUE ÇA A L'AIR D'ÊTRE!!!
TA BONNICHE, JE L'AI BIEN REGARDÉE. ELLE LES A DÉFENDUES COMME SI C'ÉTAIT DES TRÉSORS.
ALORS DIS-MOI: EST-CE QUE J'AI RAISON? CES STATUETTES APPARTIENNENT À UN TEMPLE OU QUELQUE CHOSE COMME ÇA, HEIN? DIS-MOI LA VÉRITÉ ET JE TE SORS DE LÀ!
JE LUI AI DIT OUI, AFIN D'ÉCHAPPER À CE CHIQUEUR DONT ILS AVAIENT PARLÉ.
LUI, IL ÉTAIT HEUREUX ET FIER...
POURQUOI JE PARTAGERAIS AVEC CES TARÉS? Z'AVAIENT QU'À AVOIR UN PEU PLUS DE JUGEOTTE, HÉ! HÉ! HÉ!
NOUS NOUS ENFUÎMES DANS LA NUIT!
CE N'EST QU'AU MATIN, QUE NOUS NOUS RENDÎMES COMPTE QUE LA BANDE NOUS AVAIT PRIS EN CHASSE.
12
ALORS... ALEXIS DÉCIDA DE SE RÉFUGIER ICI... ET LA SUITE, VOUS LA CONNAISSEZ.
OUAIS!!!
ET MAINTENANT QUE COMPTES-TU FAIRE?
JE NE SAIS PAS! JE N'AI NULLE PART OÙ ALLER! PLUS DE FAMILLE QUI M'ATTEND! JE... J'AI PEUR MONSIEUR!
MINCE!!! C'EST MOCHE!!!
TU POURRAIS DEVENIR MON ASSISTANTE... QU'EN DIS-TU?
ET JE M'OCCUPERAI BIEN DE TOI... TU VERRAS!
MAIS J'Y PENSE... JE POURRAIS TE PRÉSENTER À MON MAÎTRE!
VOIS-TU, NOTRE PETITE TROUPE EST ENTIÈREMENT COMPOSÉE D'ORPHELINS QU'IL RECUEILLE ET AUXQUELS IL APPREND DES TOURS! SANS DOUTE ACCEPTERA-T-IL DE TE PRENDRE AVEC NOUS!

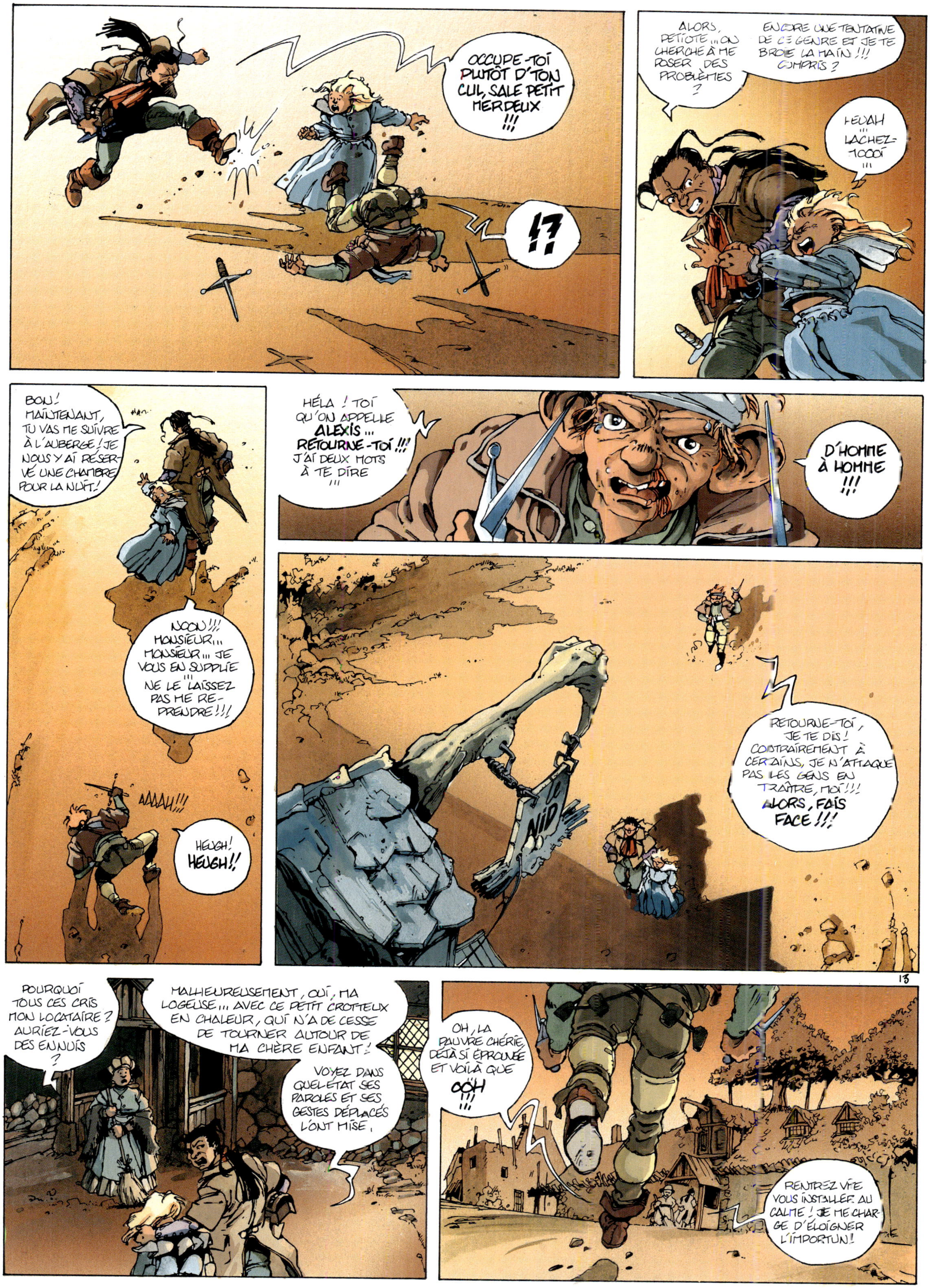
OCCUPE-TOI PLUTÔT D'TON CUL, SALE PETIT MERDEUX !!!
!?
ALORS, PETIOTE... ON CHERCHE À ME POSER DES PROBLÈMES ?
ENCORE UNE TENTATIVE DE CE GENRE ET JE TE BROIE LA MAIN !!! COMPRIS ?
HEUAH !!! LÂCHEZ-MOOOI !!!
BON ! MAINTENANT, TU VAS ME SUIVRE À L'AUBERGE ! JE NOUS Y AI RÉSERVÉ UNE CHAMBRE POUR LA NUIT !
NOON !!! MONSIEUR... MONSIEUR... JE VOUS EN SUPPLIE !!! NE LE LAISSEZ PAS ME REPRENDRE !!!
AAAAH !!!
HEUGH ! HEUGH !!
HÉLA ! TOI QU'ON APPELLE ALEXIS... RETOURNE-TOI !!! J'AI DEUX MOTS À TE DIRE !!!
D'HOMME À HOMME !!!
NID
RETOURNE-TOI, JE TE DIS ! CONTRAIREMENT À CERTAINS, JE N'ATTAQUE PAS LES GENS EN TRAÎTRE, MOI !!! ALORS, FAIS FACE !!!
POURQUOI TOUS CES CRIS MON LOCATAIRE ? AURIEZ-VOUS DES ENNUIS ?
MALHEUREUSEMENT, OUI, MA LOGEUSE... AVEC CE PETIT CROTTEUX EN CHALEUR, QUI N'A DE CESSE DE TOURNER AUTOUR DE MA CHÈRE ENFANT !
VOYEZ DANS QUEL ÉTAT SES PAROLES ET SES GESTES DÉPLACÉS L'ONT MISE.
OH, LA PAUVRE CHÉRIE, DÉJÀ SI ÉPROUVÉE ET VOILÀ QUE OOH !!!
RENTREZ VITE VOUS INSTALLER AU CALME ! JE ME CHARGE D'ÉLOIGNER L'IMPORTUN !

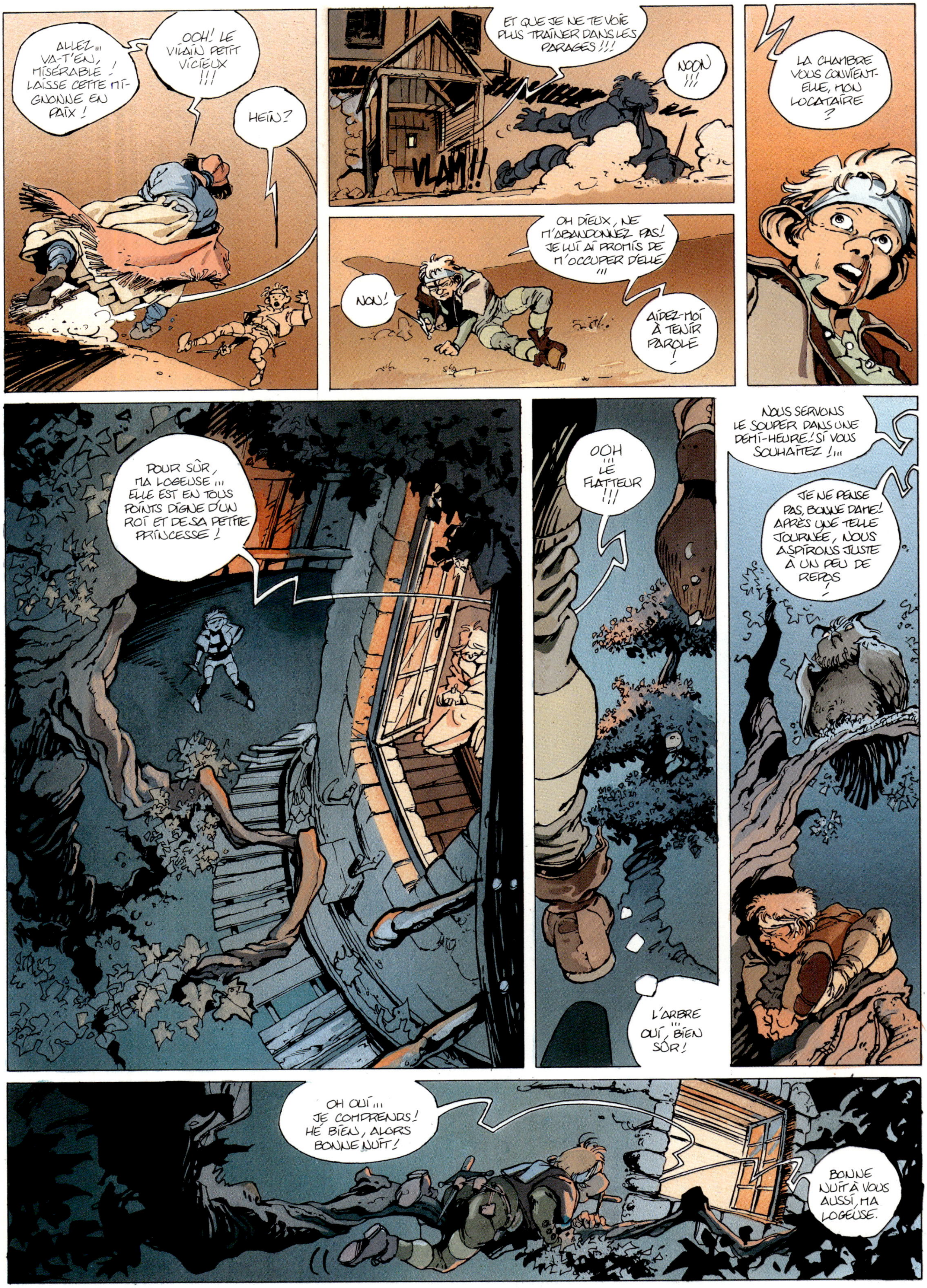
ALLEZ... VA-T'EN, MISÉRABLE ! LAISSE CETTE MIGNONNE EN PAIX !
OOH! LE VILAIN PETIT VICIEUX !!!
HEIN?
ET QUE JE NE TE VOIE PLUS TRAÎNER DANS LES PARAGES !!!
NOON !!!
VLAM!!
LA CHAMBRE VOUS CONVIENT-ELLE, MON LOCATAIRE ?
OH DIEUX, NE M'ABANDONNEZ PAS! JE LUI AI PROMIS DE M'OCCUPER D'ELLE...
NON!
AIDEZ-MOI À TENIR PAROLE !
POUR SÛR, MA LOGEUSE... ELLE EST EN TOUS POINTS DIGNE D'UN ROI ET DE SA PETITE PRINCESSE !
OOH... LE FLATTEUR !!!
L'ARBRE... OUI, BIEN SÛR !
NOUS SERVONS LE SOUPER DANS UNE DEMI-HEURE! SI VOUS SOUHAITEZ !...
JE NE PENSE PAS, BONNE DAME! APRÈS UNE TELLE JOURNÉE, NOUS ASPIRONS JUSTE À UN PEU DE REPOS !
OH OUI... JE COMPRENDS! HÉ BIEN, ALORS BONNE NUIT !
BONNE NUIT À VOUS AUSSI, MA LOGEUSE.

BIEN! ET MAINTENANT À NOUS DEUX PETIOTE !!!
IL ME RESTE ENCORE UNE STATUETTE ET JE VEUX SAVOIR SANS ATTENDRE SON ORIGINE ET SA VALEUR!
PARLE TE DIS-JE !!!!
NOON!!!
NE M'OBLIGE PAS À TE FAIRE À NOUVEAU DU MAL!
D'ACCORD MONSIEUR! JE NE VEUX PLUS SOUFFRIR !!! JE VAIS PARLER!!!
CES STATUETTES ONT ÉTÉ SCULPTÉES PAR UN AMI DE MON PÈRE! J'AI BIEN PEUR QU'ELLES N'AIENT D'AUTRE VALEUR QUE L'AFFECTION QUE JE PORTAIS À CET HOMME, QUI A VEILLÉ SUR MON BIEN-ÊTRE DE MA NAISSANCE JUSQU'À SA MORT...
QUOI?
NON... ATTENDS... TU NE VEUX PAS DIRE QUE...
SI!!! JE VOUS AI MENTI, MONSIEUR!
TUEZ-MOI, SI VOUS LE DÉSIREZ! DE TOUTE FAÇON, JE N'AI PLUS DE BONHEUR À ATTENDRE DE CETTE VIE!
NON! NE DIS PAS ÇA! JE SUIS LÀ, MOI !!!
ALORS... ELLES N'ONT AUCUNE VALEUR?! J'AI TRAHI MES COMPAGNONS POUR RIEN! QUELLE STUPIDITÉ!!!
ILS VONT ME RETROUVER ET ME FAIRE LA PEAU! OH DIEUX... DIEUX NON... JE NE VEUX PAS MOURIR EN VAIN!!!
SEULEMENT QUI ME PROTÈGERA D'EUX? SÛREMENT PAS TOI!!!
Je le peux pourtant !!!
?

J'ai le pouvoir de vous protéger de Tous vos ennemis !!!
QU'EST-CE QUE C'EST ? ÇA M'AVEUGLE ET... DIEUX !!! ÇA FAIT PEUR À LA FILLETTE ! PEUT-ÊTRE QUE ÇA VEUT LUI FAIRE DU MAL !!!
AAAH !!!
¡¡¡¡EEEAAAKKK !!!
J'ARRIVE, PETITE !
¡¡¡EEEAAAAAKK !!!
J'ARR... HEEE... QUE...
AAAAHH !!!
OOH DIIIEEEUUX !!
16
NOooooo...

POP ?!?
POP RÉVEILLE-TOI !!!
SYLAS, ARRÊTE DE LE SECOUER COMME ÇA ! TU VOIS BIEN QU'IL EST BLESSÉ.
HÉ ! REGARDEZ ! Y BOUGE !
PAUV' VIEUX ! AVEC C'QUI VA PRENDRE, L'AURAIT MIEUX FAIT D'ÊT' MORT
BEN, MON SALIGAUD... ALORS T'AS VRAIMENT ÉTÉ TE BATTRE CONTRE LES BRIGANDS ?
ÇA DÛ ÊT' TERRIBLE ! T'ES COUVERT DE BLEUS !
MALHEUREUSEMENT, T'AS PAS FINI D'EN VOIR ! TA DÉSOBÉISSANCE A MIS GÉROLD HORS DE LUI !!! SÛR QU'Y VA TE TANNER LA PEAU DU CUL AVEC SA TRIQUE...
OU PIRE... BIEN PIRE !!! CROIS-NOUS : ON L'A JAMAIS VU DANS C'T'ÉTAT-LÀ !
ATTENDEZ, LES GARÇONS ! POP VEUT DIRE QUELQUE CHOSE !!!
LA FILLE... AIDEZ-MOI... FAUT LA SAUVER...
LA FILLE ??? DE QUELLE FILLE Y CAUSE ?
PENDANT LE SPECTACLE... POUR... POURSUIVIE PAR LES BRIGANDS !
OOOH ! Y VEUT DIRE LA CH'TITE BLONDE TOUTE MIMI !!!
BEN CELLE-LÀ, SI TU VEUX ENCORE LUI PARLER, VA FALLOIR TE GROUILLER...
ELLE EST EN TRAIN DE QUITTER LE VILLAGE AVEC SON PÈRE !

QUOI ?!?
NOOON !!!
NOOOON !!!
ATTENDEZ !
ADIEU, MONSIEUR !
MAIS NE M'OUBLIEZ PAS, JE VOUS EN PRIE ...
N'OUBLIEZ PAS LA PAUVRE JUSTINE !!!
AAAAH!!!
MON BRAAAS !!!
MON BRAS ME FAIT MAL !
MAAAAL !!!

IL EST CASSÉ !!!
OUI, C'EST ÇA... JE LE SENS LÀ, SOUS MES DOIGTS : L'OS BRISÉ QUI POINTE AFFREUSEMENT !!!
ET LA DOULEUR... OH DIEUX !!!
ELLE EST SI AIGUË QU'ELLE M'ARRACHE UN CRI À CHAQUE MOUVEMENT !
BIEN SÛR, GÉROLD EN EST FOU FURIEUX.
NON... C'EST UN MILLION DE FOIS PIRE QUE ÇA !
IL ME DÉTESTE... CAR IL SAIT LES CONSÉQUENCES POUR LE SPECTACLE.
ET IL A RAISON !
SYLAS TENTE BIEN DE ME REMPLACER, MAIS DÈS LA PREMIÈRE REPRÉSENTATION, IL BLESSE TOPOL, PROVOQUANT LA COLÈRE DU PUBLIC.
LE SPECTACLE DOIT S'ARRÊTER.
GÉROLD, ÉCOEURÉ, FINIT PAR NOUS QUITTER... IL NE REPARAÎT QUE TROIS JOURS PLUS TARD, ACCOMPAGNÉ D'UN MORVEUX APPELÉ SQUEAK, QUI PRÉTEND FAIRE UN NUMÉRO COMIQUE AVEC SON SINGE.
ÇA SEMBLE MAL ENGAGÉ POUR MOI.
MAL ENGAGÉ, PARCE QUE GÉROLD LE BOMBARDE VEDETTE DE NOTRE SPECTACLE.
MAL ENGAGÉ, PARCE QUE SQUEAK ET SON MACAQUE SE RÉVÈLENT ÊTRE VRAIMENT TRÈS DRÔLES.
CHOOK
ALORS, MÊME SI MON BRAS N'EST PAS ENCORE REMIS, JE RECOMMENCE À M'ENTRAÎNER, HISTOIRE DE REPRENDRE AU PLUS VITE MA PLACE.
MAIS C'EST DUR.
J'AI COMME UNE GÊNE DANS LE BRAS QUI FAUSSE MON TIR... COMPLÈTEMENT !

LES JOURS SUIVANTS, LES CHOSES NE FONT QU'EMPIRER.
L'OS A DU MAL À SE RESSOUDER ET MON LANCER NE VAUT PLUS RIEN !!!
GÉROLD FINIT PAR LE DÉCOUVRIR ET DÉCIDE DE ME CHASSER, IL VEUT FAIRE UN EXEMPLE.
IL DIT QU'APRÈS ÇA PLUS PERSONNE N'AURA L'ENVIE DE LUI DÉSOBÉIR.
IL ME LAISSE LÀ... DANS CE VILLAGE MASSACRÉ, FRISSONNANT LA MORT.
JE L'AVAIS OUBLIÉ... IL N'Y A PAS QUE SUR LES SCÈNES DES THÉÂTRES ITINÉRANTS QUE CE MONDE EST EN GUERRE.
PARTOUT LES DIEUX L'ONT ABANDONNÉ À LA FUREUR DES HOMMES ET AUX VENTRES AFFAMÉS DES CHIENS ERRANTS
GROAF
WOF !
HÉLA ! GROS PARESSEUX, DESCENDS DONC DE TON ARBRE !!!
IL Y A DES CHOSES BIEN PLUS HEUREUSES À FAIRE QUE SOMMEILLER LÀ-HAUT !
QUE DIRAIS-TU D'UN PIQUE-NIQUE ?
JE NOUS AI PRÉPARÉ UN PLEIN PANIER DE GOURMANDISES !!!
MMHH ... OUI... JE SENS ÇA !

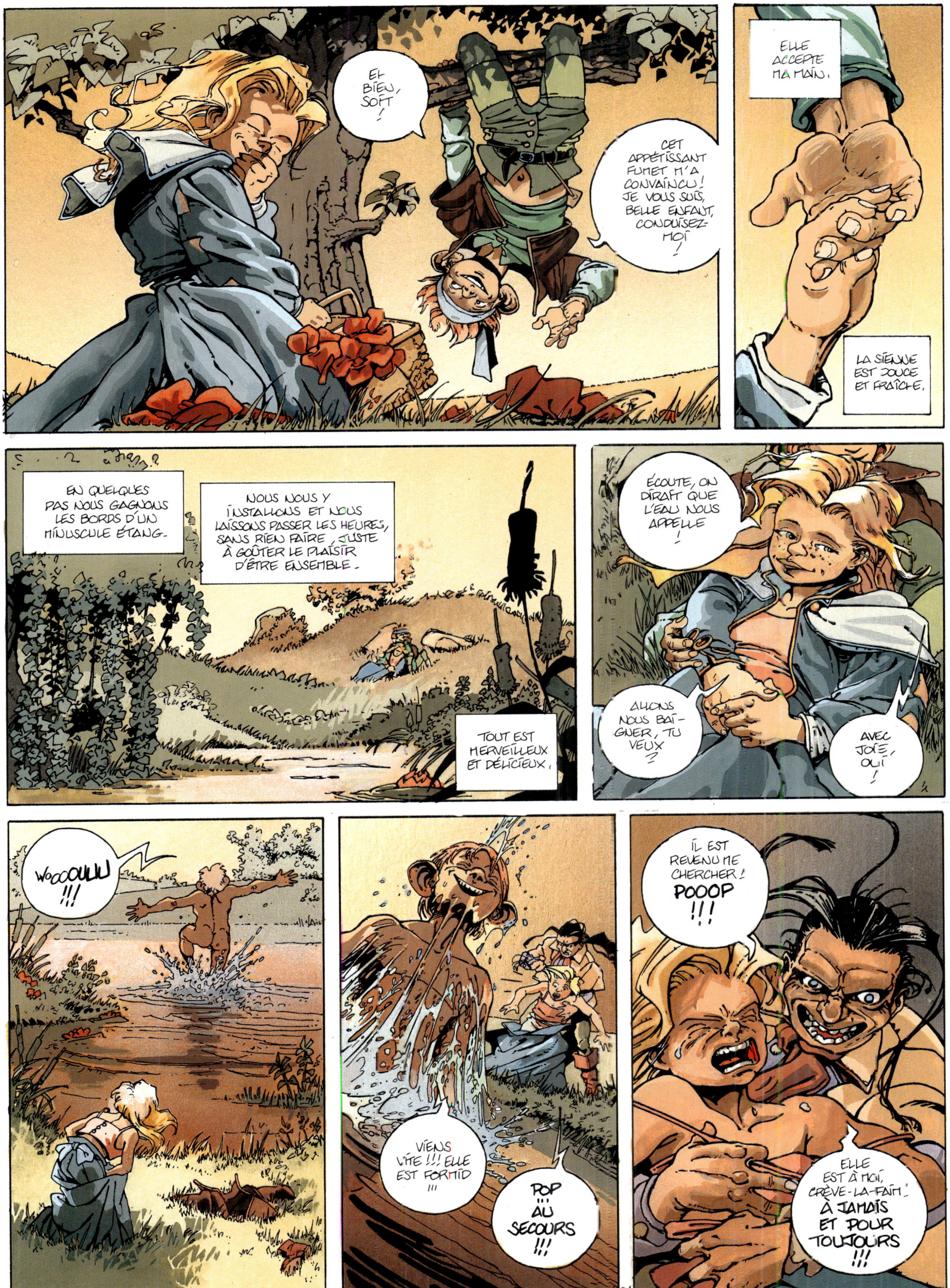
EH BIEN, SOFT !
CET APPÉTISSANT FUMET M'A CONVAINCU ! JE VOUS SUIS, BELLE ENFANT, CONDUISEZ-MOI !
ELLE ACCEPTE MA MAIN.
LA SIENNE EST DOUCE ET FRAÎCHE.
EN QUELQUES PAS NOUS GAGNONS LES BORDS D'UN MINUSCULE ÉTANG.
NOUS NOUS Y INSTALLONS ET NOUS LAISSONS PASSER LES HEURES, SANS RIEN FAIRE, JUSTE À GOÛTER LE PLAISIR D'ÊTRE ENSEMBLE.
TOUT EST MERVEILLEUX ET DÉLICIEUX.
ÉCOUTE, ON DIRAIT QUE L'EAU NOUS APPELLE !
ALLONS NOUS BAIGNER, TU VEUX ?
AVEC JOIE, OUI !
WOOOOUUU !!!
VIENS VITE !!! ELLE EST FORMID !!!
POP ... AU SECOURS !!!
IL EST REVENU ME CHERCHER ! POOOP !!!
ELLE EST À MOI, CRÈVE-LA-FAIM ! À JAMAIS ET POUR TOUJOURS !!!

JUSTIIINE !!!
UN RÊVE ... CE N'ÉTAIT QU'UN RÊVE.
POURTANT LE CRI DE JUSTINE M'A PROFONDÉMENT MARQUÉ L'ÂME.
TIENS ! C'EST CURIEUX ! JE VIENS DE L'APPELER JUSTINE !?! COMMENT PUIS-JE SAVOIR QU'ELLE S'APPELLE AINSI ?
ELLE NE M'A JAMAIS DIT SON NOM !!!
LA JOURNÉE QUI S'ENSUIT N'EST QU'UNE LONGUE MARCHE, SANS BUT, JUSQU'À CE QUE LA PLUIE M'OBLIGE À M'ABRITER DANS UN CABANON ABANDONNÉ.
J'Y DÉBARQUE, BRISÉ DE FATIGUE ...
PRÊT À M'ÉCROULER.
VIENS PLUTÔT T'ASSEOIR À CÔTÉ DE MOI GROS BÊTA !
J'AI ICI TOUT LE RÉCONFORT QU'IL TE FAUT !
ELLE SOURIT ET SON SOURIRE CHASSE TOUTE MA SOLITUDE...
ELLE EST SI BELLE ... ET SI PLEINE DE TENDRESSE ...
EN SA PRÉSENCE, JE ME SENS COMME ENVAHI D'UNE ÉMOTION À LA FOIS TRÈS DOUCE ET TRÈS FORTE. ELLE LE COMPREND SANS QU'AUCUNE PAROLE SOIT PRONONCÉE.
ELLE NE S'EN OFFENSE PAS. BIEN AU CONTRAIRE.
SOUDAIN, ON FRAPPE À NOTRE PORTE.
HEIN ! QUI EST-CE ?
NE BOUGE PAS, JE VAIS VOIR !
ELLE OUVRE. UNE HAUTE SILHOUETTE NOIRE SE DRESSE DEVANT ELLE.

ALEXIS ... MAUDIT DÉMON !
IL VIENT POUR ME LA REPRENDRE ET IL LE FAIT !
IL EN EST AINSI TOUS LES SOIRS. TOUJOURS, IL RÉAPPARAÎT ET JE NE PUIS RIEN POUR L'EMPÊCHER DE ME L'ENLEVER.
J'ESSAIE POURTANT ... MAIS À CHAQUE FOIS JE ME RÉVEILLE, EN SUEUR, ÉPOUVANTÉ DE MA PROPRE IMPUISSANCE
SEUL LE RETOUR AU SOMMEIL ME PERMET DE LA RETROUVER.
NOS RENCONTRES DURENT AINSI TOUTE UNE SEMAINE ...
UN AN ...
UNE VIE ENTIÈRE.
JE FINIS PAR TOUT CONNAÎTRE D'ELLE...
LE PARFUM DE SES CHEVEUX LORSQU'ILS SONT MOUILLÉS DE PLUIE ... LE FRÉMISSEMENT DE SON MENTON SOUS MES DOIGTS... LE FEU TROUBLANT DE SES YEUX ...
ELLE EST MON SEUL BONHEUR ... MÊME SI ELLE N'EST QU'UN RÊVE.
ALORS QU'IMPORTE POUR MOI LA RÉALITÉ !
JE LA FUIS SANS CESSE EN M'ABRUTISSANT DE MAUVAIS ALCOOL.
JE ME LAISSE DOUCEMENT COULER EN SES VAPEURS ANESTHÉSIANTES JUSQU'À CE QUE JE RETROUVE MA DOUCE AMIE.
POP ?!
JUSTINE !!!

MA JUSTINE !!!
PAS JUSTINE, POP... C'EST MOI ANNY, LA SERVEUSE... TU SAIS !?!
ÉCOUTE DONC ! J'AI PARLÉ DE TOI À DEUX HABITUÉS DE NOTRE AUBERGE !
ILS SONT LÀ... TOUT PRÊTS À TE DONNER DU TRAVAIL ! ILS VEULENT JUSTE TE V...
LAISSE TOMBER, LA FILLE ! IL NE FERA PAS L'AFFAIRE !
NON ! NE DITES PAS ÇA ! SANS DOUTE VOUS FIEZ-VOUS À SA MINE, MAIS CROYEZ-MOI... JADIS CE GARÇON FUT UN REDOUTABLE LANCEUR DE COUTEAUX !
VOICI UNE DÉCADE, JE L'AI VU, DE MES YEUX, ÉPINGLER UNE PRUNE À VINGT PAS, LES YEUX BANDÉS !!!
IL Y A UNE DÉCADE JE NE DIS PAS... MAIS REGARDE CE QU'IL EST DEVENU !
MMMH ! LAISSEZ-MOI TRANQUILLE !!!
UN SAC À VIN TREMBLOTANT ET DÉBILE, VOILÀ CE QU'IL EST !
ALLONS VIENS ALLESSANDRO ! ENCORE UNE FOIS, ON NOUS A FAIT PERDRE NOTRE TEMPS,
NOX, TU Y COMPRENDS QUELQUE CHOSE ? POURQUOI NOUS NE TROUVONS JAMAIS PERSONNE À LA HAUTEUR ?
C'EST À CROIRE QUE LES DIEUX REFUSENT QUE NOUS TROUVIONS UN REMPLAÇANT À ALEXIS !
ALEXIS, ... ALEXIS ! AH ! QUE CE NOM M'EXÈCRE !
JE... JE N'AI PAS RÊVÉ... ILS ONT... ILS ONT PARLÉ D'ALEXIS !!!
A... A... ATTENDEZ !!!
A-ALEXIS !!!
DEPUIS SA TRAHISON, TOUT VA DE MAL EN PIS POUR LES CHAROGNARDS !!!

JE DOIS LES SUIVRE ... ILS PEUVENT PEUT-ÊTRE ME CONDUIRE À LUI ...
À LUI ET DONC À ...
ATTENDEZ, JE VOUS DIS !!!
NOX !?! TU NE L'ENTENDS DONC PAS ?!
ARRÊTE-TOI ! JE VEUX ENTENDRE CE QU'IL A À DIRE !
JE ... JE ... PRENEZ-MOI AVEC VOUS, COMPAGNONS JE VOUS EN PRIE ...
JE .. JE CROIS VALOIR MIEUX QUE CE QUE VOUS VOYEZ LÀ !!!
VRAIMENT !!! TU CROIS CELA ?!?
IL VA FALLOIR ME LE PROUVER, LANCEUR DE COUTEAUX ! TIENS ! VOILÀ MA DAGUE !
PLANTE-LA DANS CETTE CIBLE ET JE T'ACCORDE UNE PLACE À NOS CÔTÉS !!!
ALLONS, QU'ATTENDS-TU ? LANCE-LÀ !!!
OH DIEUX !!! IL Y A SI LONGTEMPS !
AAAH !!! QUEL PITOYABLE SPECTACLE TU NOUS OFFRES LÀ !
SI LONGTEMPS !!!
TU N'ES PLUS QU'UN PANTIN AVINÉ QUI A PERDU TOUT CONTRÔLE SUR SON CORPS !
25
BON ! EN VOILÀ ASSEZ ... RENDS-MOI CETTE DAGUE !
AAAAAHHH !!

INCROYABLE ! LE COUTEAU SE PLANTA DANS LA CIBLE ! PAS EN SON CENTRE, NON... MAIS DANS LA CIBLE TOUT DE MÊME
CELA SUFFIT À LES CONVAINCRE DE ME PRENDRE AVEC EUX.
AAAAAHHHH!!!
JE LES SUIVIS DONC, SANS SAVOIR QUEL TRAVAIL ILS COMPTAIENT ME PROPOSER.
QUEL EFFROI QUAND JE COMPRIS QUE JE VENAIS D'ÊTRE ENRÔLÉ PAR UNE BANDE DE DÉTROUSSEURS !!!
LES MÊMES DÉTROUSSEURS QUI AVAIENT CAPTURÉ JUSTINE, HUIT ANS AUPARAVANT, ET QU'ALEXIS AVAIT TRAHIS, POUR S'ENFUIR AVEC LES STATUETTES QU'ELLE CONVOYAIT.
DE LEUR BANDE, IL NE RESTAIT PLUS QUE LES DEUX FRÈRES : NOX ET ALLESSANDRO, DEUX CHIENS VICIEUX RECONVERTIS DANS LA MARAUDE DES FERMES ISOLÉES.
TUE-LE, POP !!!
ALLEZ ! TUE-LE MON GARS !
IL LE FAUT !!!
SA FERME EST SOUS PROTECTION DES "GAROUS" ! SI TU LAISSES CET HOMME LEUR PARLER, C'EN SERA FINI DE NOS VIES !
JE NE PEUX PAS !
JE NE SUIS PAS UN ASSASSIN ! NON !!!
ENFER !!!
SI TU N'EN AS PAS LES TRIPES, ALORS ÉCARTE-TOI !!!
NOON !!!
HIIIIII !!!
CE CRI ?!?
IL Y A QUELQU'UN DANS LA GRANGE !!!

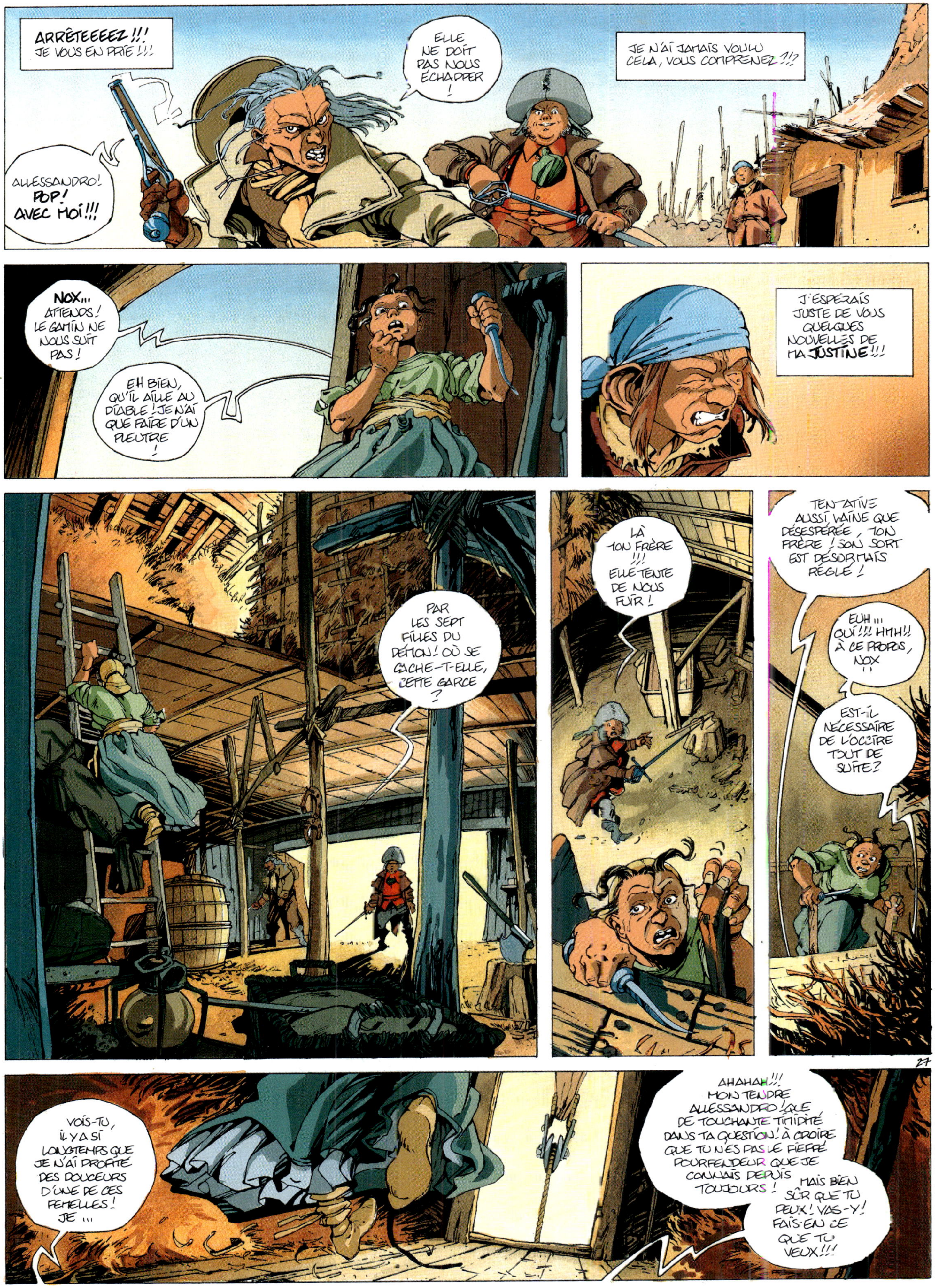
ARRÊTEEEEZ!!! JE VOUS EN PRIE!!!
ALLESSANDRO! POP! AVEC MOI!!!
ELLE NE DOIT PAS NOUS ÉCHAPPER!
JE N'AI JAMAIS VOULU CELA, VOUS COMPRENEZ?!?
NOX... ATTENDS! LE GAMIN NE NOUS SUIT PAS!
EH BIEN, QU'IL AILLE AU DIABLE! JE N'AI QUE FAIRE D'UN PLEUTRE!
J'ESPÉRAIS JUSTE DE VOUS QUELQUES NOUVELLES DE MA JUSTINE!!!
PAR LES SEPT FILLES DU DÉMON! OÙ SE CACHE-T-ELLE, CETTE GARCE?
LÀ TON FRÈRE!!! ELLE TENTE DE NOUS FUIR!
TENTATIVE AUSSI VAINE QUE DÉSESPÉRÉE, TON FRÈRE! SON SORT EST DÉSORMAIS RÉGLÉ!
EUH... OUI!!! HMH!! À CE PROPOS, NOX!!
EST-IL NÉCESSAIRE DE L'OCCIRE TOUT DE SUITE?
27
VOIS-TU, IL Y A SI LONGTEMPS QUE JE N'AI PROFITÉ DES DOUCEURS D'UNE DE CES FEMELLES! JE...
AHAHAH!!! MON TENDRE ALLESSANDRO! QUE DE TOUCHANTE TIMIDITÉ DANS TA QUESTION! À CROIRE QUE TU N'ES PAS LE FIEFFÉ POURFENDEUR QUE JE CONNAIS DEPUIS TOUJOURS!
MAIS BIEN SÛR QUE TU PEUX! VAS-Y! FAIS-EN CE QUE TU VEUX!!!

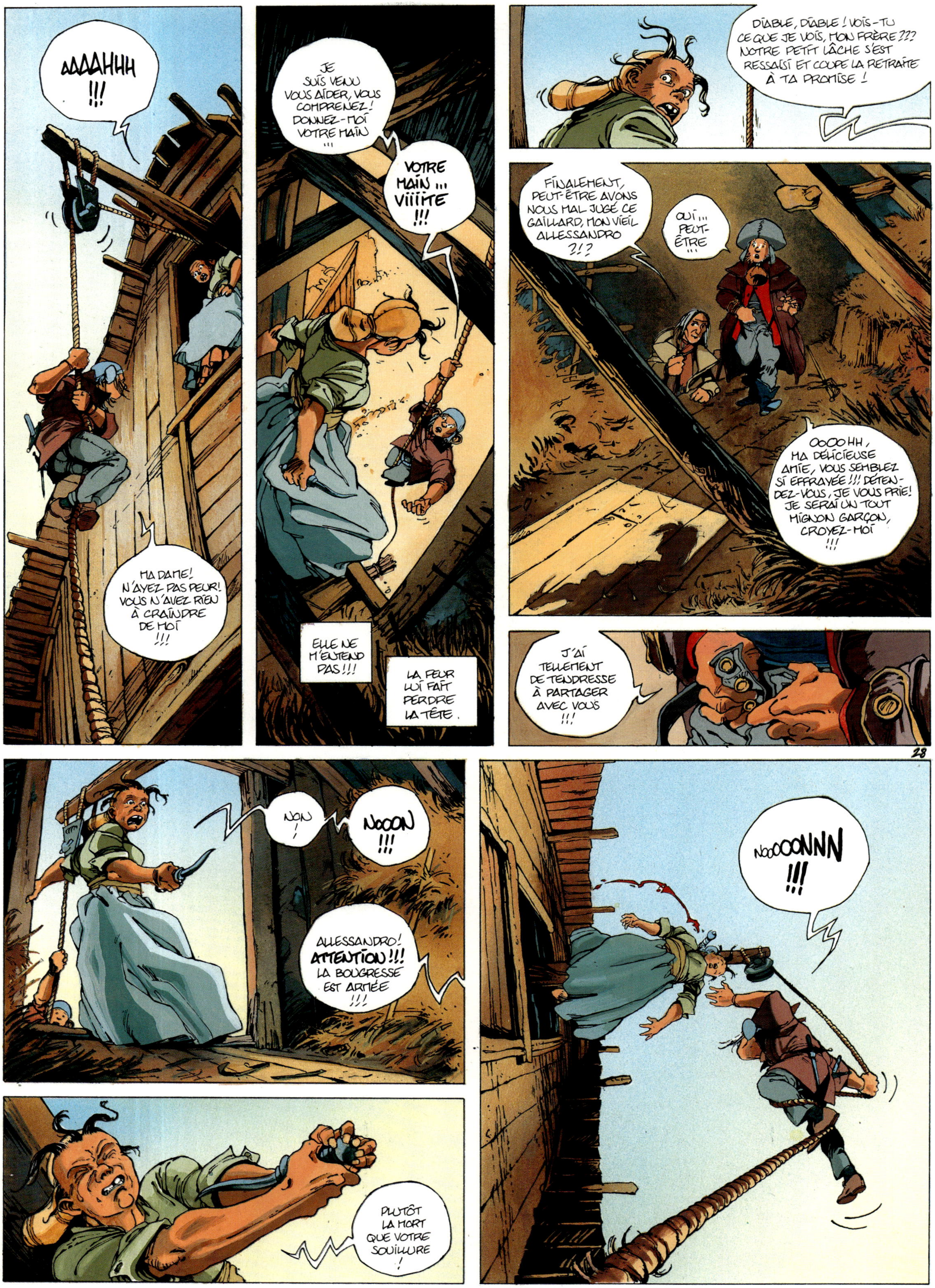
AAAAHHH !!!
MA DAME! N'AYEZ PAS PEUR! VOUS N'AVEZ RIEN À CRAINDRE DE MOI !!!
JE SUIS VENU VOUS AIDER, VOUS COMPRENEZ! DONNEZ-MOI VOTRE MAIN ...
VOTRE MAIN ... VIIIITE !!!
ELLE NE M'ENTEND PAS !!!
LA PEUR LUI FAIT PERDRE LA TÊTE.
DIABLE, DIABLE ! VOIS-TU CE QUE JE VOIS, MON FRÈRE ??? NOTRE PETIT LÂCHE S'EST RESSAISI ET COUPE LA RETRAITE À TA PROMISE !
FINALEMENT, PEUT-ÊTRE AVONS NOUS MAL JUGÉ CE GAILLARD, MON VIEIL ALLESSANDRO ?!?
OUI ... PEUT-ÊTRE ...
OOOOHH, MA DÉLICIEUSE AMIE, VOUS SEMBLEZ SI EFFRAYÉE !!! DÉTENDEZ-VOUS, JE VOUS PRIE! JE SERAI UN TOUT MIGNON GARÇON, CROYEZ-MOI !!!
J'AI TELLEMENT DE TENDRESSE À PARTAGER AVEC VOUS !!!
NON !
NOOON !!!
ALLESSANDRO! ATTENTION !!! LA BOUGRESSE EST ARMÉE !!!
PLUTÔT LA MORT QUE VOTRE SOUILLURE !
NOOOOONNN !!!

MA DAME !!!
JE VOUS TIENS MA DAME ! JE VAIS VOUS SAUVER !!!
POP !? QUE FAIS-TU ? LÂCHE-LA ! ELLE EST MORTE !!!
NON... ELLE N'EST PAS MORTE !!! JE SENS LES SOUBRESAUTS DE SON CORPS !
IL Y A ENCORE DE LA VIE EN ELLE ! JE VAIS LA SAUVER !!!
JE VAIS VOUS TIRER DE CE CAUCHEMAR ...
EN VOILÀ ASSEZ ! ASSEZ DE MORT ! ASSEZ DE FOLIE !!! JE ...
AAAAAHH !!!
DIEUX !!! CETTE DOULEUR ...
DANS MON BRAS ... LE BRAS QUE J'AI CASSÉ IL Y A HUIT ANS !!!
LES OS MAL RESSOUDÉS CÈDENT À NOUVEAU !!
C'EST AFFREUX MA DAME ! NOUS ALLONS TOMBER ET JE NE PUIS RIEN FAIRE CONTRE CELA !
L'IMBÉCILE !!! IL VA SE ROMPRE LE COU !
MAIS LÂCHE-LA DONC BON SANS !!!
IL NE T'ÉCOUTE PAS, NOX ! SON ESPRIT EST TOUT EMBRUMÉ PAR LA PANIQUE !
HEUREUSEMENT, J'AI LÀ QUELQUE CHOSE QUI POURRAIT LUI REMETTRE LES IDÉES AU CLAIR !!

DÉSOLÉ DE NE POUVOIR VOUS SAUVER, MA DAME !
J'AI TOUJOURS SOUHAITÉ ME MONTRER HÉROÏQUE MAIS LA VIE N'A JAMAIS VOULU DE MOI COMME HÉROS !
QU'IMPORTE ALORS SI LA MORT M'EMPORTE MAINTENANT ! DE TOUTE FAÇON, J'ÉTAIS DESTINÉ À TOUT RATER...
POP !!! ÉCOUTE-MOI, POP... LÈVE LES YEUX ! REGARDE CE QUE J'AI DANS LA MAIN !!!
MÊME RETROUVER JUSTINE N'ÉTAIT QU'UN RÊVE DE PL...
REGARDE SA LUMIÈRE, POP...
LAISSE-LA APAISER LES BOUILLONNEMENTS DE TON ESPRIT...
SENS-TU COMME TE VOILÀ PLUS CALME ?
PLUS CALME ... OUI ...
PAR TOUS LES DÉMONS, ALLESSANDRO ! C'EST LÀ PURE SORCELLERIE !!!
MAINTENANT, POP, TU VAS LAISSER LA FEMME ALLER VERS SON DESTIN !
VOS VIES NE SONT PAS LIÉES ! ELLE N'EST RIEN POUR TOI, TU ENTENDS... RIEN QUI JUSTIFIE QUE TU TE SACRIFIES POUR ELLE !
ELLE N'EST RIEN ... RIEN DU TOUT.
INCROYABLE ! IL T'ÉCOUTE !!!
TU COMMANDES ET IL T'OBÉIT ! C'EST DE LA FOLIE... UNE MERVEILLEUSE FOLIE !!!
OH ALLESSANDRO, MON PETIT FRÈRE... DEPUIS QUAND SAIS-TU LES POUVOIRS DE CETTE STATUETTE ?
PLUS TARD, NOX ! POUR L'INSTANT AIDE-MOI À REMONTER LE GAMIN !

VOILÀ, PETIT ! RESPIRE ! C'EST BON D'ÊTRE EN VIE, HEIN ? OUI... OUI !!!
ALLESSANDRO, LAISSE-LE MAINTENANT ! IL VA BIEN ! DIS-MOI PLUTÔT DES CHOSES SUR CETTE STA...
AHEU ! AHEU !
ALLESSANDRO ! ÉCOUTE-MOI ! JE VEUX SAVOIR D'OÙ TU TIENS CETTE STATUETTE ?
HEIN... EUH... DU JOUR OÙ ALEXIS NOUS A QUITTÉS...
TU TE SOUVIENS ? ELLE FAISAIT PARTIE D'UN LOT DE DEUX QUE NOUS AVIONS PRIS À DES VOYAGEUSES...
MOI, J'AVAIS REPÉRÉ LA GROSSE AU SOURIRE RIGOLO. COMME ELLE SEMBLAIT N'INTÉRESSER PERSONNE, JE L'AI PRISE POUR MOI, PARCE QU'ELLE M'AMUSAIT BIEN...
CE SOIR-LÀ, J'AVAIS UNE TERRIBLE MIGRAINE - C'EST TOUJOURS COMME ÇA QUAND NOUS TUONS DES GENS...
JE L'AI REGARDÉE AVEC SON SOURIRE HEUREUX ET JE LUI AI DIT TOUT BAS...
LA DOULEUR DANS MON CRÂNE ÉTEINT MON RIRE, SI SEULEMENT JE POUVAIS PARTAGER TA JOIE !!!
ELLE S'EST ALORS MISE À LUIRE TOUT DOUCEMENT, D'UNE LUMIÈRE AUSSI SEREINE QUE SON BEAU SOURIRE...
ET MA MIGRAINE S'EST ENVOLÉE, LOIN, TRÈS LOIN !
DEPUIS, ELLE M'ACCOMPAGNE PARTOUT, ELLE EST MON PORTE-BONHEUR, L'AMIE QUI SAIT APAISER TOUS MES MAUX !!!
ÇA FERAIT DONC HUIT ANS... HUIT ANS QUE TU CONNAIS SES POUVOIRS ET... JAMAIS TU NE M'EN A PARLÉ !!!
TU ES FOU ?! PENDANT TOUTES CES ANNÉES TU AS ASSISTÉ À LA LENTE AGONIE DES CHAROGNARDS EN AYANT SUR TOI LA SOLUTION À TOUS NOS PROBLÈMES... ET POURTANT TU N'AS RIEN DIT. POURQUOI ?
JUSTEMENT PARCE QUE JE NE SUIS PAS FOU ! JE SAVAIS BIEN QUE SI TU APPRENAIS POUR SES POUVOIRS TU LA VOUDRAIS POUR TOI ! MAIS ELLE EST À MOI ! À MOI, TU ENTENDS !!!
ALORS ?
ELLE EST MORTE SEIGNEUR LUPUS !!!

JE DEVRAIS TE TUER, MAUDIT !!! SI TU N'ÉTAIS PAS MON FRÈRE, C'EST CE QUE JE FERAIS !!!
NE LA TOUCHE PAS NOX... OUC'EST MOI QUI DEVRAI TE TUER !!!
OOOHH !!! ARRÊTE TES GAMINERIES, IMBÉCILE !!!
QUE FAISONS-NOUS ?
LES CHIENS QUI ONT OSÉ IGNORER NOTRE TOTEM SONT TOUJOURS ICI.
FAITES-LEUR PAYER LE PRIX DE LEURS CRIMES !!!
DONNE-LA-MOI !!!
JAMAIS !!!
ALLESSANDROOO, JE NE TE LE RÉPÈ ?!?
OH DIEUX, NOON, NOOON... C'EST PAS VRAI ! ÇA NE SE PEUT PAS !!!
32
L... LUPUS... C'EST TOI, MON AMI !!!
ATTENDS... TU NE VAS PAS... NON ! C'EST INJUSTE ! NOUS ALLONS... OH DIEUX !!!
MA... MA MANCHE !!!
ALLESSANDRO ! JE BRÛLE ! JE BRÛLE !!! AIDE-MOI, PAR PITIÉ ! AIDE-MOI !!!
NOOOX ! VIENS... VIENS VERS MOI ! MA STATUETTE NOUS PROTÈG...
AAAAAHHH !!

NOX ! NOOX !!! AU SECOURS ! ÇA ME RONGE LES TRIPES !!! NOOOX !!!
A... ALESSANDRO !? JE NE TE VOIS PLUS MON FRÈRE !!! OÙ ES-TU ?
POP !!! EST-CE QUE TU LE VOIS, TOI ?
SI TU LE PEUX, JE T'EN SUPPLIE... AIDE MON FRÈRE !!!
POOOP !!!
NON... NE FAIS PAS ÇA ! AIDE-NOUS, POP !!!
POOOP !!!
33

OH JUSTINE ! MA JUSTINE !!!
JE NE VEUX PLUS ME CONTENTER DE NOS RÊVES ET DE NOS RETROUVAILLES TOUJOURS INTERROMPUES.
JE TE VEUX PRÈS DE MOI, MA DOUCE ... ICI ... DANS LA RÉALITÉ.
J'AI ENTRE LES MAINS UN OBJET QUI FUT TIEN AUTREFOIS.
JE VEUX CROIRE QU'IL M'AIDERA À TE RETROUVER ...
JE VEUX Y CROIRE ENFIN !!!
SEI ... SEIGNEURS DIEUX !!! MAIS OÙ AS-TU DONC APPRIS CELA ???
OOOH OUI ! OOOH, MON JOLI DÉMON, CONTINUE ... NE T'ARRÊTE PAS !!!
QUEL BONHEUR !!!
QUEL BONHEUR QUE D'ÊTRE TON ÉPOUSÉ !!!
AAAAAHHH, RADIEUSE FOLIE, MON VIEUX COEUR DÉBORDE, JE DÉFAILLE !!!
34
BRÈCHE DENT ! JE T'AIIIIME !!!
HOLÀ !... LE BROCANTEUR !!!
OH LÀ, TU M'ENTENDS ?
DESCENDS DE TA POULICHE ET VIENS M'OUVRIR ... J'AI À FAIRE AVEC TOI !!!

SANG-DIEU, LE BROCANTEUR... RÉPONDS... JE SAIS QUE TU ES À L'ÉCOUTE !!!
RHAAA !!!
MAIS QU'EST-CE À LA FIN ? QUE ME VEUT-ON ???
PARDONNE-MOI UN COURT INSTANT MON BEL AMOUR... MAIS JE NE PUIS POURSUIVRE AVEC CE... CE ROQUET ABOYANT SOUS NOS FENÊTRES !
PERMETS QUE JE NOUS EN DÉBARRASSE !!!
AH!!! TE VOILÀ TOUT DE MÊME !!!
OUI ! ME VOILÀ... D'AILLEURS REGARDE-MOI BIEN CAR TU NE ME VERRAS PAS PLUS LONGTEMPS !
TU L'AS SANS DOUTE ENTENDU, J'AI MILLE FOIS MIEUX À FAIRE QUE PERDRE MON TEMPS AVEC TOI !!
ALORS VA-T'EN !!! REPASSE ICI AU MATIN, SI TU VEUX, MAIS POUR L'HEURE FICHE-MOI LA PAIX !!!
HORS DE QUESTION !!!
CE QUE J'AI À TE DEMANDER NE PUIT ATTENDRE DAVANTAGE !!!
J'AI DÉJÀ PERDU TROP DE TEMPS TOUTES CES ANNÉES !
KRAK !
VIVE les MARIÉ
ALORS REJOINS-MOI DANS TA BOUTIQUE !!!
JE !!!
JE ME REFUSE À Y CROIRE !!! IL A DÉFONCÉ MA PORTE !!!
CE GARÇON EST FOU... OU INCONSCIENT DE QUI EST ANSELME BLIWITCH !?!
35
PARDONNE-MOI ENCORE MA MIE !!!
LE TEMPS D'UNE PETITE EXPLICATION AVEC CE PETIT EFFRONTÉ ET JE M'EN REVIENS À TOI !!!

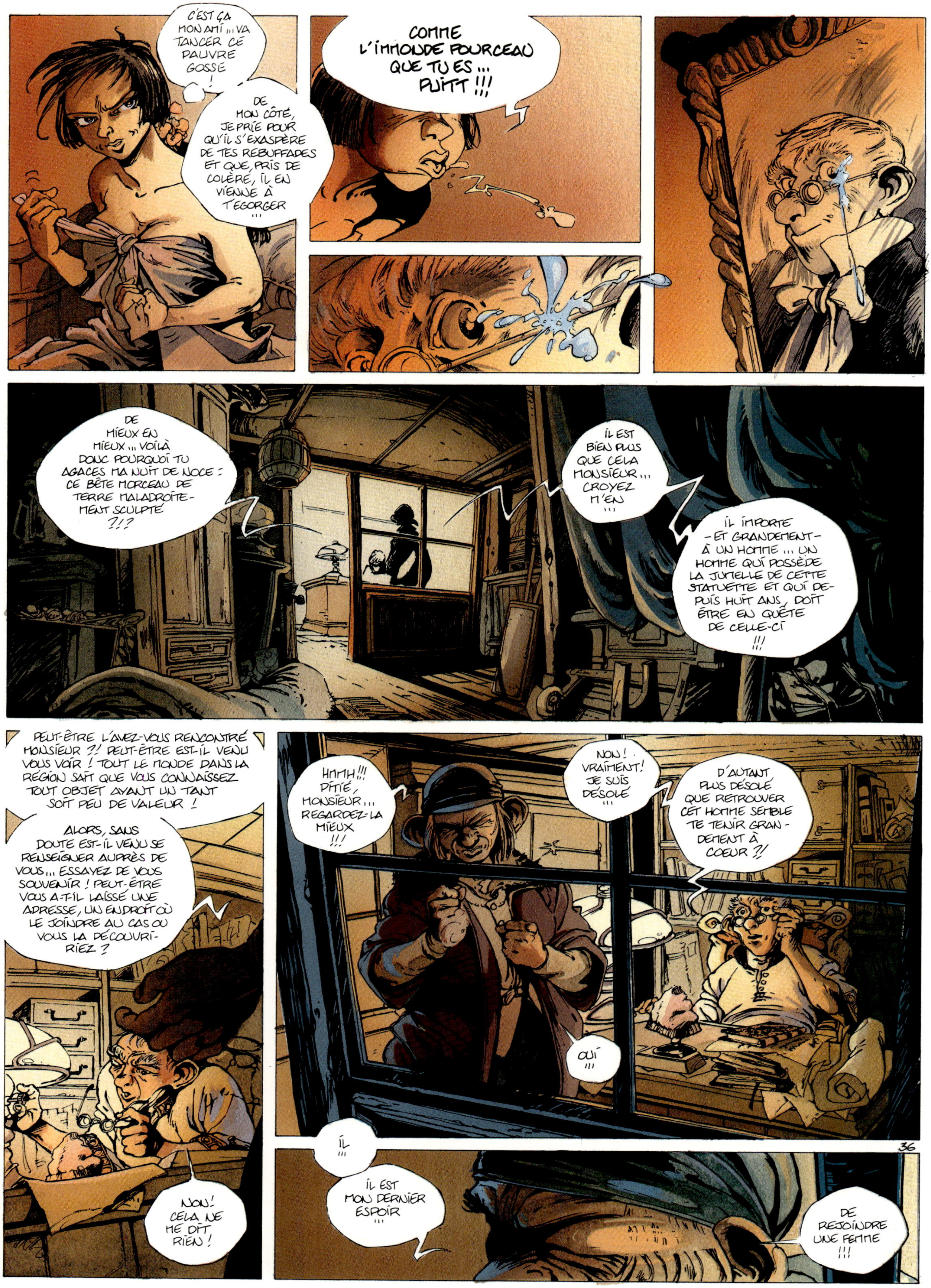

C'EST ÇA MON AMI... VA TANCER CE PAUVRE GOSSE !
DE MON CÔTÉ, JE PRIE POUR QU'IL S'EXASPÈRE DE TES REBUFFADES ET QUE, PRIS DE COLÈRE, IL EN VIENNE À T'ÉGORGER ...
COMME L'IMMONDE POURCEAU QUE TU ES ... PUITT !!!
DE MIEUX EN MIEUX ... VOILÀ DONC POURQUOI TU AGACES MA NUIT DE NOCE : CE BÊTE MORCEAU DE TERRE MALADROITEMENT SCULPTÉ ?!?
IL EST BIEN PLUS QUE CELA MONSIEUR ... CROYEZ M'EN !!!
IL IMPORTE - ET GRANDEMENT - À UN HOMME ... UN HOMME QUI POSSÈDE LA JUMELLE DE CETTE STATUETTE ET QUI DEPUIS HUIT ANS, DOIT ÊTRE EN QUÊTE DE CELLE-CI !!!
PEUT-ÊTRE L'AVEZ-VOUS RENCONTRÉ MONSIEUR ?! PEUT-ÊTRE EST-IL VENU VOUS VOIR ! TOUT LE MONDE DANS LA RÉGION SAIT QUE VOUS CONNAISSEZ TOUT OBJET AYANT UN TANT SOIT PEU DE VALEUR !
ALORS, SANS DOUTE EST-IL VENU SE RENSEIGNER AUPRÈS DE VOUS ... ESSAYEZ DE VOUS SOUVENIR ! PEUT-ÊTRE VOUS A-T-IL LAISSÉ UNE ADRESSE, UN ENDROIT OÙ LE JOINDRE AU CAS OÙ VOUS LA DÉCOUVRIRIEZ ?
NON ! CELA NE ME DIT RIEN !
HMMM !!! PITIÉ, MONSIEUR ... REGARDEZ-LA MIEUX !!!
NON ! VRAIMENT ! JE SUIS DÉSOLÉ !!!
D'AUTANT PLUS DÉSOLÉ QUE RETROUVER CET HOMME SEMBLE TE TENIR GRANDEMENT À COEUR ?!
OUI !!!
IL !!!
IL EST MON DERNIER ESPOIR !!!
DE REJOINDRE UNE FEMME !!!

UNE HISTOIRE D'AMOUR !!!
GRANDS DIEUX !!! NE POUVAIS-TU LE DIRE PLUS TÔT ? TU AURAIS SUR-LE-CHAMP TOUCHÉ MON VIEUX COEUR !
JE SUIS MOI-MÊME HOMME QUE L'AMOUR VIENT D'ÉVEILLER À UN IMMENSE BONHEUR !
PERSONNE MIEUX QUE MOI NE PEUT COMPRENDRE TON DÉSIR DE RETROUVER SANS ATTENDRE LA DAME DE TES PENSÉES !
ÉCOUTE, JE N'AI PU T'AIDER POUR TON HOMME... MAIS JE POURRAIS INTERROGER MES CONFRÈRES À SON SUJET...
CERTAINS ONT PEUT-ÊTRE REÇU SA VISITE ! QUI SAIT ?
OUI, QUI SAIT ?
QUANT À TOI ?! EH BIEN... TU POURRAIS RESTER AVEC NOUS LE TEMPS QUE JE FASSE MA PETITE ENQUÊTE !!!
AN... ANSELME !!! QUE... QUE SE PASSE-T-IL ? ÇA FAIT DE LONGUES MINUTES QUE JE N'ENTENDS PLUS UN BRUIT !
J'AI CRAINT QU'IL NE T'AIT...
NE CRAINS PLUS, MON AIMÉE ! CE JEUNE HOMME ET MOI SOMMES RÉCONCILIÉS ! MIEUX ENCORE, JE L'AI INVITÉ À PASSER QUELQUES JOURS AVEC NOUS...
OH, MAIS REGARDE-LE ! IL TOMBE DE SOMMEIL ! VEUX-TU BIEN LE CONDUIRE À LA CHAMBRE D'AMI ?!
SI TEL EST TON DÉSIR, MON BON !!!
QUE REGARDEZ-VOUS AINSI ?
RIEN... JUSTE VOS COUTEAUX !

JE ME DEMANDAIS À QUEL POINT VOUS SAVEZ VOUS EN SERVIR !!!
HA HA HA !!! L'IMBÉCILE !!! IL T'APPORTE À MOI APRÈS TOUTES CES ANNÉES DE VAINES RE-CHERCHES !!!
ET POUR COURONNER SA BÊTISE, IL TE CONFIE À MOI, Ô MERVEILLE DES MERVEILLES !!!
OOOH ! NE BOUGE PAS ! ATTENDS-MOI ICI BIEN SAGE-MENT !!!
JE M'EN VAIS QUÉRIR UN HOMME QUI T'ESPÈRE DEPUIS TANT DE TEMPS, QU'IL ME COUVRIRA D'OR POUR TE POSSÉDER ENFIN !!!
HÉ HÉ HÉ !!!
JUSTIIIINE !!!
NON ! NE ME LA PRENDS PAS ENCORE !!!

IL A SURGI DE NULLE PART POUR ME L'ENLEVER COMME À SON HABITUDE ...
MAIS CE SOIR N'EST PAS COMME LES AUTRES SOIRS ! JE LE SAIS ! JE LE SENS !
CE SOIR, ÇA NE SE PASSERA PAS COMME ÇA !
ARRÊTE-TOI !!!
ET C'EST COMME SI SON CHEVAL M'OBÉISSAIT !!
JUSTINE !!! JE ... JE COURS VERS ELLE ... JE LA CHERCHE ...
JUSTINE ?!!
POURQUOI N'EST-ELLE PAS LÀ ? OÙ LA CACHES-TU, SALOPARD ?
QU'EST-CE QUE J'EN SAIS ? MOI AUSSI JE L'AI PERDUE !
TOUT ÇA C'EST TA FAUTE PETITE LARVE !!!
IL EST RÉELLEMENT IMPRESSIONNANT, MAIS CE SOIR, IL NE PEUT RIEN CONTRE MOI ...
CE SOIR, IL N'Y A QUE MOI .. ET ELLE.
JUSTINE !!!
PARLE-MOI, JUSTINE, JE NE TE VOIS PAS !!!
POP ?!?
JE SUIS LÀ, POP !!!
SA VOIX ... DES ÉCLATS DE CRISTAL TINTANT SUR UN LIT DE MIEL.
OÙ ÇA ? OÙ ES-TU ?
ICI,

JUSTINE !!!
D'UN COUP, MON COEUR REMONTE DANS MA GORGE ET BAT À EN EXPLOSER !!!
JE DOIS RÊVER !
DIS-LE-MOI ! DIS-MOI QUE NOUS NE SERONS PLUS SÉPARÉS !
PLUS JAMAIS, MON BEL AMOUR !!!
SI TEL EST TON DÉSIR !!!
JE GOÛTE SES LÈVRES ... DE TOUTE MON ÂME.
ELLES SONT DURES ET SÈCHES AVEC UNE SAVEUR ÂCRE DE SEL !!!
CE N'EST PAS JUSTINE !!!
PAS JUSTINE !!!
QUE ME VOULEZ-VOUS ?
QUE ... VOUS ... VOUS ÊTES FOLLE ???
RHA ... RHABILLEZ-VOUS !!!
OOH ! JE T'EN CONJURE ! NE ME REPOUSSE PAS !
JE LE SAIS, MON ATTITUDE EST INDIGNE MAIS TU ES SI ... BEAU ...
J'AI EU ENVIE DE TOI !!!
MADAME !!! CESSEZ IMMÉDIATEMENT ! PENSEZ À VOTRE MARI !
ANSELME M'IMPORTE PEU ! IL EST VIEUX ! SON CORPS DÉGÉNÉRÉ, SON DÉSIR VICIEUX DE MA JEUNESSE ... TOUT CHEZ LUI ME DÉGOÛTE !
JE NE L'AI ÉPOUSÉ QUE POUR SON IMMENSE FORTUNE !!!
40

MAIS TOI, TOI TU ES JEUNE ! ET PUIS TU ES HOMME AU CÔTÉ DUQUEL UNE FEMME PEUT SOUHAITER FAIRE SA VIE !!!
AIDE-MOI À ME DÉBARRASSER D'ANSELME ET JE TE PROMETS DES HEURES INFINIES DE RICHESSE ET DE PLAISIR, BIEN LOIN DE LA CRASSE D'OÙ TU VI...
ASSEZ !!! JE N'EN ÉCOUTERAI PAS DAVANTAGE !!!
JAMAIS JE NE TOUCHERAI À VOTRE MARI, VOUS M'ENTENDEZ !?! IL A PROMIS DE RETROUVER POUR MOI UNE ... UNE JEUNE FEMME !
JE LA SENS TOUTE PROCHE ... ICI, ET LUI SEUL PEUT M'AIDER À FRANCHIR LES DERNIERS PAS QUI NOUS SÉPARENT !
ANSELME ? T'AIDER ?
AH AH AH !!!
LÀ, TU ES ÉPOUVANTABLEMENT NAÏF, MON PAUVRE GARÇON !
ANSELME N'A JAMAIS RIEN FAIT QUI NE LUI AIT RAPPORTÉ DE L'ARGENT !
QU'ESPÈRES-TU QU'IL FERA POUR UN SANS-LE-SOU COMME TOI ???
C'EST FAUX ! NOOON !!! IL ME COMPREND ! IL LE FERA !!!
IL LE FERA !!!
TU TE LEURRES ! IMAGINE PLUTÔT TOUT CE QUE SA FORTUNE POURRAIT T'OFFRIR !?!
IL LE FERA !
VOYEZ ! JE NE VOUS AI PAS MENTI !
DIEUX !!! C'EST BIEN VRAI ! C'EST ELLE !!!

COMBIEN ANSELME ??? COMBIEN EN VEUX-TU ???
ON DIT QU'UNE STATUETTE IDENTIQUE A FAIT VOTRE FORTUNE, MONSEIGNEUR ET QU'ELLE EXPLIQUERAIT L'ÉTRANGE POUVOIR QUE VOUS AVEZ SUR VOS HOMMES ?!
COMBIEN VIEUX BOUC ?
RIEN D'INSOLENT MONSEIGNEUR !
JE ME CONTENTERAI D'UNE FORTUNE... ET VOUS LAISSE TOUTE LA GLOIRE D'UN POUVOIR ENCORE PLUS GRAND !!!
B... BIEN, MAUDIT PROFITEUR ! TU L'AURAS !!!
MERCI SEIGNEUR ALEXIS !
LUI !!!
PAS UN RÊVE !!! CETTE FOIS, JE L'AI RETROUVÉE !!!
EUH... UNE CHOSE ENCORE !
LE PROPRIÉTAIRE DE LA STATUETTE DORT ICI ! POUVEZ-VOUS, JE VOUS PRIE DE M'EN DÉBARRASSER AVANT QUE J'AIE À SUBIR SON FORT JUSTE COURROUX ?!?
OUI... ACCORDÉ ! TOUT CE QUE TU VEUX !!!
OH !!! NE TREMBLE PAS, MON BRAS...
QUE LE TEMPS D'UN LANCE, RENAISSE LE POP D'ANTAN...
ET QUE TOMBE ENFIN L'OBSTACLE QUI ME SÉPARE D'ELLE !!!
42

DIEUX!!! OOOH DIEUX!!! TU ME L'AS TUÉ!!!
ET MON ARGENT, IMMONDE PETIT SAL...
EUGHHH ?!!
DU CALME VIEIL HOMME! DIS-MOI PLUTÔT OÙ TU ES ALLÉ CHERCHER ALEXIS?
ALLONS! NE TARDE PAS! J'AURAIS TROP DE PLAISIR À TE PUNIR DE TA TRAHISON !!!
OOOH! OOH! PITIÉ!... AAAH!... DANS... DANS LE VIEUX TEMPLE DE GOATH... À LA SORTIE NORD DE LA VILLE !!!
BIEN, VIEIL HOMME! CONTINUONS! DIS-MOI MAINTENANT SI UNE JEUNE FILLE ÉTAIT AVEC LUI?
JEUNE FILLE? OUI... PAS UNE... MAIS... MAIS DES DIZAINES... LE SEIGNEUR ALEXIS AIMAIT S'ENTOURER... DE... DE DONZELLES !!!
QUOI ?!
AARRH!!
OÙ VAS-TU?... SAIS-TU BIEN CE QUE TU AS FAIT? TU VIENS DE TUER LE CHEF DES VOLEURS DE CETTE CITÉ !!!
SES HOMMES VONT TE MASSACRER, PAUVRE FOU !!!
OH! OUI! C'EST CELA!
MASSACREZ-LE-MOI, CE PETIT CROTTEUX !!!
VENGEZ-MOI DU TERRIBLE PRÉJUDICE QU'IL ME FAIT SUBIIIIR !!!
HURH
ANSELME ?!?
43

MON AIMÉE ???
VOUS N'AURIEZ PAS DÛ DESC...
C'EST CE MAUDIT ALEXIS MONSIEUR LE MAGISTRAT !!!
MAIS QU... VOU... NON! NOOON!!!
MON ÉPOUX A EU LE TORT DE PRENDRE CE DIABLE D'HOMME EN AMITIÉ ! PENSEZ... UN VOLEUR!!! QUELLE FOLIE! CE QUI EST ARRIVÉ CE SOIR ÉTAIT À PRÉVOIR !!!
CONNAISSANT NOS RICHESSES, CE MONSTRE A FINI PAR CÉDER À LA TENTATION. MON CHER ANSELME A BIEN ESSAYÉ DE S'INTERPOSER...
MAIS JE N'AI PU QUE LES REGARDER S'ENTRETUER !!!
ELLE EST LÀ !
ELLE DOIT !!! IL FAUT QU'ELLE SOIT LÀ !!!
EH LÀ! PLUS UN PAS, GAMIN!
OOOH DIEUX !!! QUE... QUE...

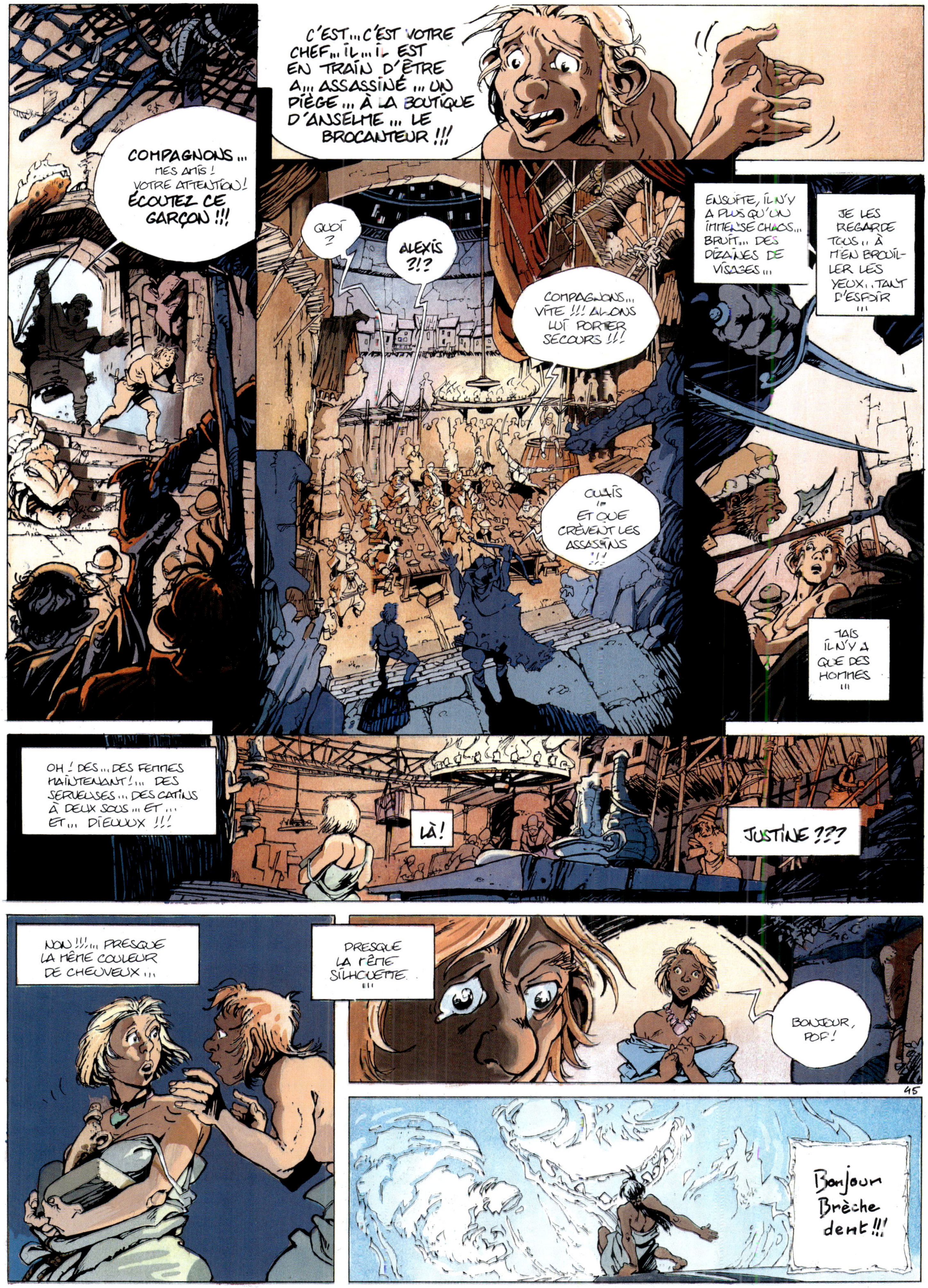
C'EST... C'EST VOTRE CHEF... IL... IL EST EN TRAIN D'ÊTRE A... ASSASSINÉ ... UN PIÈGE ... À LA BOUTIQUE D'ANSELME ... LE BROCANTEUR !!!
COMPAGNONS ... MES AMIS ! VOTRE ATTENTION ! ÉCOUTEZ CE GARÇON !!!
QUOI ?
ALEXIS ?!?
COMPAGNONS... VITE !!! ALLONS LUI PORTER SECOURS !!!
OUAIS ... ET QUE CRÈVENT LES ASSASSINS !!!
ENSUITE, IL N'Y A PLUS QU'UN IMMENSE CHAOS... BRUIT... DES DIZAINES DE VISAGES...
JE LES REGARDE TOUS... À M'EN BROUILLER LES YEUX... TANT D'ESPOIR ...
MAIS IL N'Y A QUE DES HOMMES ...
OH ! DES... DES FEMMES MAINTENANT !... DES SERVEUSES... DES CATINS À DEUX SOUS... ET... ET... DIEUUUX !!!
LÀ !
JUSTINE ???
NON !!!... PRESQUE LA MÊME COULEUR DE CHEVEUX ...
PRESQUE LA MÊME SILHOUETTE ...
BONJOUR, POF !
Bonjour Brèche dent !!!

J'Y VOIS RIEN ! Y'A PAS D'LUMIÈRE !!!
HÉ ! LA PORTE EST OUVERTE !
ENTRONS ... C'EST P'T'ÊTRE PAS TROP TARD !!!
MERDE ! OÙ IL EST ?
LÀ... IL EST LÀ !!!
MINCE... ALEXIS ?!? EST-CE QUE TOUT VA BIEN ?!
BIEN SÛR QUE TOUT VA BIEN !!!
POURQUOI UN TEL RASSEMBLEMENT, COMPAGNONS ?
MAIS... ALEXIS... ON NOUS A DIT QUE T'ÉTAIS EN TRAIN ... DE TE FAIRE TUER !!!
ON VOUS A DIT QUE ???
IMBÉCILES... ON VOULAIT VOUS ÉLOIGNER DE NOTRE REPAIRE, VOILÀ TOUT !!!
ALLONS !!! FAITES DEMI-TOUR ! IMMÉDIATEMENT !!!
SON "BONJOUR, POP" N'ÉTAIT MARQUÉ D'AUCUN ÉTONNEMENT !
C'ÉTAIT UN "BONJOUR" DE TOUS LES JOURS ... UN BONJOUR COMME ON EN DIT AUX GENS AVEC LESQUELS ON VIT. J'AI TOUT DE SUITE COMPRIS QU'ELLE NE M'AVAIT JAMAIS VRAIMENT QUITTÉ... ELLE NON PLUS...
CHAQUE SOIR, ON SE REJOIGNAIT DANS SES RÊVES... LES MÊMES QUE LES MIENS... PRIANT SIMPLEMENT, POUR QU'UN JOUR, CES RÊVES REJOIGNENT LA RÉALITÉ !!!
EH BIEN VOILÀ ! MAINTENANT C'EST FAIT ! ON N'A PLUS QU'À FUIR CE PASSÉ DE FOU ET SE FAIRE UN AVENIR ENSEMBLE... PLEIN DE BONNES CHOSES !!!
CURIEUSEMENT, ELLE A TENU À GARDER UN SOUVENIR DE CES TRISTES ANNÉES ... UN COFFRET...
UN COFFRET QUI CONTIENT L'UNE DES STATUETTES QUI M'ONT PERMIS DE LA RETROUVER !!!
46
FIN DE L'ÉPISODE
CAGNIAT BRUNSCHWIG GUTH 95